톱스타의 킬링 필드

킬링
톱스타의 필드 1

초판 1쇄 인쇄일 2017년 1월 19일 | **초판 1쇄 발행일** 2017년 1월 23일

지은이 권하율 | **펴낸이** 곽동현 | **담당편집 팀장** 이범수
편집부 신연제 이윤아 홍현주 김유진 조서영 임소담

펴낸곳 (주) 조은세상 | 출판등록 제 2002-23호
주소 경기도 연천군 미산면 청정로 1355
TEL 편집부 02)587-2966 | FAX 02)587-2922
e-mail bukdu@comics21c.co.kr

ISBN 979-11-5832-858-0 | ISBN 979-11-5832-857-3(set) | 값 8,000원

톱스타의 킬링필드

Hell is coming

1

NEO FUSION FA

권하율 퓨전판타지 장편소설

북두
(주)조은세상

권하율 퓨전판타지 장편소설

NEO FUSION FANTASY STORY

CONTENTS

Hell is coming

톱스타의 킬링필드

Hell is coming

prologue

가끔 잠에서 깨면 그런 기분이 들 때가 있다.

지금이 꿈인지 현실인지 분간이 가지 않는 기분.

"……."

오늘이 그랬다.

❖

탁!

"후우…."

콜라를 단숨에 들이 킨 나는 비어버린 캔을 소리 나게 탁자 위로 내려놓았다. 원 샷을 한 탓인지 목구멍이 톡톡

쏘며 쓰라려왔지만 오히려 정신은 맑게 깨어나는 느낌이다.

하지만 여전히 사라지지 않는 두통에 나는 이마를 감싼 채 생각에 잠겼다.

'그건… 대체 뭐였지.'

여느 때와는 달리 지금까지도 그 잔상이 선명하게 남아 있는 꿈의 기억.

그 꿈속에서 나는 킬러였다.

15살에서 35살까지 장장 20년 동안 1000명에 가까운 숫자의 사람을 죽여 온 현대사회에서는 그야말로 전무후무하다고도 할 수 있는 베테랑 살인마.

하지만 그런 나도 결국에는 회의감에 사로잡혔고 은퇴를 계획하다가 죽었다.

그의 숨통을 앗아간 대상은 다름 아닌 그의 가장 아끼는 제자였다.

언제 어느 때든 가장 가까운 친인에게라도 진심으로 약한 모습을 보이지 말라는 바로 나 자신의 조언대로 약해져 버린 나의 등 뒤로 칼을 찔러 넣었던 것이다.

배신감이 들 만한 상황이지만 나는 어떠한 반항도 없이 제자의 손에 생을 마감했다.

이미 삶에 대해 많은 부분을 놓아버린 탓도 있었으며, 자신이 해왔던 일들에 대한 뒤늦은 죄책감이 들었기 때문일 수도 있었다.

하지만,

희미한 의식 속에서 나는 영원한 안식을 찾아가지 못했다.

《HELL IS COMING》

"크흣!"

플래시 효과처럼 떠오르는 글귀에 나는 신음을 머금었다.

해석하자면.

'지옥이 다가온다.'

라는 뜻을 지닌 글귀.

그것은 지금까지로 이어진 사태의 시작점이라고도 할 수 있는 징조였다.

"…제기랄."

여전히 더없이 선명하게 떠오르는 꿈의 기억에 나는 욕설을 머금으며 의자를 빼고 앉았다. 그리고는 노트를 펼치며 펜을 집어 드는 것이다.

"후우."

가벼운 호흡으로 흥분된 마음을 가라앉힌 나는 떨리는 손가락을 옮겨 새하얀 백지의 노트 위로 꿈의 내용을 작성하기 시작했다.

사각사각…

『살인마로써의 나. 그러니까 제자의 손에 당해 죽음을 맞이했던 나는 어느 순간 눈을 떴다. 전혀 알지도 못하고 가보지도 못했던 괴상한 느낌이 드는 외딴 장소로부터.』

톱스타의 킬링필드

Hell is coming

chapter 1. 지옥이 다가오다

"……!"

어느 순간 깨어난 의식.

어느 순간 비추어진 시야에 나는 당혹감을 머금었다.

…나는 죽은 게 아니었나?

죽어서 지옥으로 왔다고 하기에는 느껴지는 감각들이 너무나도 생생했다.

무엇보다도 눈앞에 비추어지는 전경들은 뭐란 말인가.

'여긴… 유럽인가?'

광장을 중심으로 주변에 원형으로 들어서있는 2~3층짜리의 건물들은 하나같이 현대적인 느낌보다는 고딕 느낌이 드는 건축양식으로 지어져 있었다.

내가 알고 있는 지식으로 따지자면 역시 유럽의 전경에 가장 가까운 느낌.

하지만 나는 생각과 동시에 이곳이 결코 현실의 유럽은 아님을 알 수 있었다.

현대의 양식과 융합되어 있는 현실의 유럽과는 달리 눈앞에 비추어지는 광경은 그야말로 18세기 말쯤의 도시 전경을 그대로 옮겨온 듯한 모습이었기 때문이었다.

'무엇보다도….'

무엇보다도 사람들의 복장.

건물 밖을 나와 광장에 모여든 사람들의 복장은 하나같이 영화라도 찍는 것처럼 18세기 말에나 입었을 법한 옷들로 이루어져 있었다.

'…확실히 여기가 내가 살던 곳이 아니라는 건 알겠군.'

결국 그런 결론에 다다른 나는 차분하게 주변을 살피며 광장에 모여든 100여명의 사람들 사이로 다가갔다.

"여, 여기는 어디죠?"

"난 분명히 마포대교에서 뛰어내렸는데?"

"아니, 그보다. 다들 본인 모습 그대로에요?"

"무, 무서워!"

광장에는 가지각색의 사람들이 모여 있었다.

아이부터 어른까지 다양한 모습의 군상들.

그들은 하나같이 혼란에 빠져 저마다의 말들을 떠들어대고 있었다.

'나만 이상한 상황에 처한 건 아닌 모양이야.'

여기저기서 들려오는 말들을 종합해보면 사람들은 이곳에서 눈을 뜨기 전 하나같이 죽음을 경험하거나 혹은 죽기 직전까지의 상황에 처한 상태였었다.

그리고 모두가 스스로가 기억하고 있던 자신의 모습이 아닌 타인의 몸에 들어와 있는 상황.

'나도 바뀐 모양이군.'

거울 같은 게 있어서 스스로의 모습을 확인해본 건 아니었지만 눈높이의 차이와 보폭의 차이 같은 것만으로도 지금 움직이고 있는 몸이 예전의 내 것이 아님은 알 수 있었다.

'뭐가 뭔지는 모르겠지만…….'

"일단은 적응하는 편이 좋겠지."

나는 그렇게 마음을 먹으며 주변의 정보들을 빠르게 습득해가기 시작했다.

언제 어떤 상황에서라도 빠르게 정보를 습득하고 그를 바탕으로 그 속에 녹아드는 건 나에게 숨 쉬는 것만큼이나 자연스러운 것이니까.

바로 그때였다.

[끼야아아아악-!]

"으아악!"

"꺄악!"

또 다시 들려오는 비명성에 광장에 모인 모두가 귀를 틀어막으며 움츠렸다.

소리의 진원지는 다름 아닌 광장의 가운데에 위치한 분수대쪽. 반사적으로 분수대를 향해 시선을 향하던 나는 그대로 굳어버릴 수밖에 없었다.

핏물로 이루어진 붉은색의 글귀가 낡은 분수대의 위로 선명히 새겨지고 있었기 때문이었다.

"헬 이즈 커밍?"

새겨진 글귀는 영어였다.

〈HELL IS COMING〉

해석하면 지옥이 다가온다.

"꺄악! 분수대 물 색깔이!"

누군가가 분수대를 가리키며 비명을 질렀다.

"으헉! 저거 뭐야!"

"무, 무서워! 으흐흑, 엄마…!"

겁에 질린 여성의 손가락이 가리킨 방향에는 분수대의 물이 빠르게 핏빛으로 물들어가고 있었다.

마치 성경에서 말하는 종말이라도 찾아올 것 같은 분위기.

'…정말로 지옥이 오는 건가!?'

나는 이를 악물며 부지깽이를 쥔 손에 힘을 더했다.

그리고 바로 다음 순간이었다.

[끼이이이익-!]

칠판을 손톱으로 긁어내는 듯한 날카로운 소음과 함께 분수대의 위에 새겨져 있던 글귀가 흩어지며 새로운 글귀가 떠올랐다.

〈지옥이 도달했습니다. 새벽까지 살아남으세요.〉

〈살아남은 자에게는 보상이 있습니다.〉

밑도 끝도 없는 경고의 메시지. 그에 대한 의미를 제대로 파악하기도 전에 나는 곧 그것이 어떤 의미인지 알 수 있었다.

"으아아악! 이, 이게 뭐야!"

"꺄악! 미, 밑에 뭐가 있어요. 뭐가 내 발목을… 꺄아아악!"

동시다발적으로 여기저기서 들려오는 비명소리들.

모여 있던 사람들은 비명을 내며 허우적거리는 사람들로부터 빠르게 물러섰다.

그리고 나는 볼 수 있었다.

"그어어어…!"

땅바닥에서부터 솟구쳐나와 사람들을 발목을 붙잡고서 엉겨붙는 흉측한 모습의 괴물체를.

마치 사람을 붙잡아 피부만을 도려낸 것처럼 시뻘건 피막으로 이루어진 모습을 한 괴물체는 인간과도 같은 모습을 하고 있었는데, 얼굴 부위에는 눈, 코, 귀 어떤 것도 없이 오로지 입만이 존재하고 있었다. 아니, 얼굴 그 자체가 입이었다.

"누, 누가 좀 이거 좀 때어줘! 누가 좀!"

자신의 다리를 붙잡고 서서히 기어오르는 괴물의 모습에 붙잡힌 남자는 기겁하며 도움을 요청했다.

하지만 누구도 선뜻 그를 돕기 위해 나서는 이는 없었다.

모두가 겁에 질려있었기 때문이었다.

"크윽! 저리가! 저리가라고!"

퍽! 퍼억!

도움을 요청하는 와중에도 남자는 발작적으로 괴물을 걷어차며 때어내기 위해 노력했지만 괴물은 머리통이 차이면서도 끈질기게 붙잡은 다리를 놓지 않았다.

그리고 마침내 허벅지까지 기어오른 괴물이 얼굴부위 전체를 덮는 크기의 입을 쩌억 벌리며 그 안에 불규칙하게 박혀진 톱니같은 이빨들을 드러내는 순간!

콰직-!

"끄아아아아!"

살점과 뼈가 통째로 뜯겨나가는 소리와 함께 남자의 처절한 비명이 울려 퍼졌다.

〈자정이 지나면 더 큰 재앙이 다가오니 주의하시길.〉

마지막으로 새겨진 글귀와 함께,

"끄아아악!"

"꺄아아악! 사, 살려주세… 꺼흑!"

"제, 제발 누가 좀! 아, 안 돼! 끄아아악!"

겹쳐진 수십여 개의 비명소리와 함께 지옥이 시작됐다.

메시지의 경고처럼… 어느새 지옥이 다가와 있었던 것이다.

"으아아아~!"

누군가는 패닉에 빠져 주저앉아 비명만을 질러댔다.

"도, 도망쳐!"

누군가는 눈앞에서 사람들이 괴물에게 뜯어 먹히고 있는 모습을 보면서도 제일 먼저 등을 돌려 달아났다.

"어떡해… 어떡하냐고…!"

발을 동동 구르며 도망치지도 도우러 가지도 못하는 사람들과,

"이건 꿈일 거야. 그래. 지독한 악몽일 뿐이라고."

현실을 도피하며 스스로를 설득하는 이들.

그것은 그야말로 혼돈이었다.

"…지옥이라."

그 혼란의 도가니 속에서 나는 그저 가만히 서있었다.

"나한테는 잘 어울리는 장소네."

얼음장보다 차가운 미소를 입가에 머금으면서.

"나 같은 살인마에게는 딱 좋은 장소야."

부지깽이를 움켜쥔 채로 나는 희생자의 다리를 뜯어먹고 배를 갈라 내장기관들까지 뜯어먹기 시작한 괴물에게로 다가갔다.

그리고….

"흐읍!"

푸욱-

부지깽이의 뾰족한 부분이 괴물의 뒤통수를 꿰뚫으며 깊숙이 파고들었다. 그대로 부지깽이를 휘저어 안쪽에 걸리는 모든 것을 헤집어놓은 나는 거침없이 부지깽이를 뽑아냈다.

"케헥…."

단말마의 비명을 지르며 그대로 허물어지는 괴물.

"다행히 불사의 괴물 같은 건 아닌 모양이네."

부지깽이 끝에 묻은 끈적한 검은색의 액체.

마치 타르와도 같은 점성을 띤 괴물의 피와 뇌수를 힐끔 쳐다본 나는 다음의 타겟을 향해 발걸음을 향했다.

푸욱-

"케르륵…."

이번에도 부지깽이는 괴물의 뒤통수를 손쉽게 꿰뚫고 들어갔다.

자그마치 20년 동안이나 킬러 일을 해왔던 솜씨가 발휘

되었기에 그런 것도 있었지만 그보다는 괴물의 머리통이 지닌 내구도가 그리 대단하지 않았기 때문이었다.

평범한 사람이라도 있는 힘껏 찔러 넣기만 하면 충분히 파고들 수 있을 만큼 괴물들의 머리통은 무른 편이었다.

푸욱- 퍼걱-

빠각-

나는 계속해서 자리를 옮기며 식사에 심취한 괴물들을 끝장냈다.

"제, 제길… 나도!"

"이 괴물 새끼가!"

괴물들을 처치하는 나의 모습에 용기를 얻었는지 몇몇 남자들이 어디선가 찾아온 나무막대나 쇠꼬챙이 같은 것을 들고 괴물들의 머리통을 박살내거나 꿰뚫어 헤집었다.

그렇게 여러 명이 달라붙자 상황은 빠르게 정리되었다.

괴물에게 붙들렸던 이들 중 절반은 구하지 못했지만 어떻게든 버티고 있던 나머지 절반은 구해낼 수 있었던 것이다.

물론 거기에는 괴물들이 자신이 붙잡은 대상 외에는 주변에 어떤 관심도 보이지 않았기 때문도 있었지만, 그럼에도 나는 용기를 낸 이들이 꽤나 대단하다고 생각했다.

나같이 특수한 케이스가 아닌 이상에야 사람이 되었든 괴물이 되었든 무언가를 죽인다는 것은 정신적으로도 육체적으로도 쉬운 일이 아니기 때문이었다.

"허억… 허억… 모두 죽였어! 저 괴물 새끼들을 다 죽여 버렸다고!"

"하, 하하하! 꼴좋다 이 괴물 새끼들아!"

잔뜩 흥분된 상태로 손에 쥔 무기들을 휘둘러대던 남자들이 씩씩대며 호기를 부렸다. 그런 사내들의 모습에 놀라면서도 선망의 시선을 보내는 여자들.

"그, 그럼… 이제 끝난 거예요?"

지켜보던 여자들 중 누군가가 그렇게 물었다.

아까 제일 먼저 주저앉아서 울음을 터뜨렸던 소녀였다.

"…끝난 거 아닐까요?"

소녀의 질문에 꼬챙이를 들고 있던 남자가 광장 곳곳에 널부러진 괴물들의 시체를 다시 한 번 둘러보고는 어정쩡하게 말했다.

적어도 겉으로 보기에는 모든 상황이 종료된 것처럼 보였으니까.

하지만,

확신하지 못하는 그 대답에서도 알 수 있다시피.

'…지옥은 이제 막 시작되었을 뿐인 것 같군.'

벌써 시체들의 틈바귀 속에서 시작된 변화를 가장 먼저 알아챈 나는 늘어뜨리고 있던 부지깽이를 다시금 치켜들며 각오를 다졌다.

"히이익! 시, 시체가!"

누군가의 비명과 동시에 쓰러져 있던 시체가 움직이기

시작했다.

괴물의 시체가 아닌 희생자들의 시체가 말이다.

뚜둑, 뚝, 뚜두두둑-

관절이 뒤틀리는 거북한 소리를 내며 벌떡 일어선 시체들은 한눈에 봐도 정상이 아니었다. 단순히 '좀비' 라는 단어로는 정의할 수 없을 만큼 특이한 기괴함이 있었다.

인간의 몸을 매개체로 일어난 것들이 온통 엉망으로 어그러져서 인간의 형태를 벗어난 것만 같은 모습이었다.

"크헤에에-!"

"큐휘이이익-!"

일어선 상태에서도 몇 번이나 뒤틀리며 완전히 일그러진 모습으로 탈바꿈한 시체들이 일제히 끔찍한 포효를 터뜨린다.

성대가 불타버린 사람의 그것처럼 어딘가 새는 듯한 비명소리.

"어, 허윽…."

"…히익!?"

방금 전까지만 해도 의기양양하게 떠들어대던 남자들이 시체를 넘어서 또 다른 무언가로 변모한 존재들의 모습에 겁에 질린 표정을 짓는다.

다른 사람들은 그보다 더 심한 공포에 물들어버린 상태.

인간의 상상력을 뛰어넘어 한없는 기괴함으로 변해버린 시체들의 모습은 단지 그 존재감만으로도 공포감을 심어주고 있었던 것이다.

'안 되겠어. 이러다간 여기서 다 죽고 말거야.'

어느새 사람들의 속에 숨어든 나는 틈을 노리고 있었다.

아까 전 손쉽게 쓰러뜨렸던 괴물들과는 달리 지금 눈앞에 보이는 녀석들은 결코 쉽지 않을 것이라는 예감이 들었기 때문이었다.

가진 바 정보가 없으니 일단은 희생자를 내세워서라도 대응책부터 강구할 생각이었다.

하지만… 지금 돌아가는 분위기대로라면 정보 습득은커녕 모조리 도망도 못 치고 몰살이었다.

"…어쩔 수 없나."

자정이 넘으면 더 큰 재앙이 닥친다는 말을 고려해보면 지금 눈앞에 녀석들은 당장에라도 처리를 해두는 편이 유리할 테지만 그 이전에 사람들이 모두 다 죽어버리면 나로써도 살아남을 가능성은 한없이 줄어들게 된다.

"후읍."

결국 마음을 결정한 나는 크게 숨을 들이마셨다.

그리고….

"모두 집안으로 도망쳐요!"

외침과 함께 나는 제일 먼저 등을 돌려서 잠에서 깨어난 건물 쪽을 향해 힘껏 내달렸다.

먼저 선을 보이는 것이었다.

인간은 손쉽게 분위기에 휘말리고 선동되는 동물이니까.

특히나 지금처럼 스스로의 목숨이 걸린 문제라면 더더욱 말이다.

"도, 도망쳐!"

"으아아아-!"

"꺄악! 밀지마요! 아아악!"

누군가가 외친 소리를 기점으로 겁에 질려 굳어있던 모두가 사방으로 흩어져 달아나기 시작했다.

"큐에에엑-!"

"퀴헤에엑-!"

달아나는 먹잇감들의 모습에 잔뜩 흥분하며 쫓아오기 시작하는 존재들.

잔뜩 뒤틀려진 채로 덜렁거리고 있으면서도 평범한 인간이 달리는 속도 이상으로 빠르게 움직이는 시체괴물들은 손쉽게 후미에 있던 인간을 따라잡아 덮쳐들었다.

푸우욱-

"꺼헉!"

양옆으로 벌어져서 갈비뼈가 헤집어진 시체괴물 복부로부터 손목 굵기의 가시가 치솟아 오르며 넘어뜨린 희생자의 등을 꿰뚫었다.

어떤 녀석은 덜렁거리는 머리로부터 토해낸 산성 점액질로 희생자의 머리부터 녹이기 시작했으며, 어떤 녀석은 가슴팍 전체가 통째로 벌어지며 갈비뼈들을 이빨삼아 희생자의 몸을 통째로 씹어댔다.

통일성 없이 제각각으로 변해버린 모습만큼이나 다양한 방식의 사냥 모습.

도주하면서도 시체괴물들이 희생자들을 사냥하는 모습을 유심히 관찰한 나는 선두와 중위권에 있던 사람들의 대부분이 집안 쪽으로 달아난 것을 확인하고 건물의 문을 닫아걸었다.

"끄아아악!"

"살려줘! 제발! 아아악!"

문 밖에서는 계속해서 처절한 비명소리들이 울려 퍼지고 있었지만 나는 눈썹하나 까딱하지 않고서 주변에 있던 탁자와 의자 등을 가져와서 문 앞에 어지럽게 늘어놓았다.

만약에 시체괴물들이 새로운 먹잇감을 사냥하기 위해서 문을 부수고 들어온다면 최소한 시간을 지체시키기는 해야 할 테니까.

"일단 이 정도면 됐나?"

서로 복잡하게 얽혀 들어서 완벽한 바리케이트의 형태로 변해버린 탁자와 의자들을 쳐다본 나는 곧장 2층으로 뛰어올라갔다.

광장이 보이는 창가로 다가가자 여전히 학살이 자행되고 있는 분수대 근처의 전경이 보였다.

푹, 푸극, 푸가각-

콰직, 콰드득-

이제 숨이 끊어진 사람들이 시체 괴물에 의해 엉망진창으로 난도질당하고 있었다.

먹잇감의 의미로써 사람들을 공격하던 처음의 괴물들과는 달리 시체 괴물들은 오로지 살육이라는 목표만을 띄고 있는 듯 했다.

'아래쪽에 있는 시체는 대략 20구정도. 시체 괴물들의 숫자도 딱 그쯤이니까… 피해자는 절반쯤인가?'

분명 지옥이 시작되기 전까지만 해도 광장에 모여들었던 인원은 족히 100명은 되었었으니까.

"큐휘이이익-!"

"크헤에엑-!"

희생자들을 형체도 알아보기 어려울 만큼 끔찍한 고깃덩이로 만들어버린 시체괴물들이 차례로 고개를 들며 포효를 터뜨린다.

새로운 사냥감을 찾기 위한 탐욕의 포효.

하지만 나의 경고가 제 역할을 한 탓인지 이제 광장에 남겨져 있는 사람들의 모습은 보이지 않았다.

"큐히이이…."

"퀘헤에에…."

시체괴물들은 당장 눈앞에 보이는 사냥감이 없자 나지막한 신음만을 흘리며 잦아드는 모습이었다.

당장 눈앞에 보이지만 않으면 일부로 찾아들어가서 사냥을 하려고 들지는 않는 모양.

'일단 한 고비는 넘긴 것 같네. 하지만… 이대로 과연 새벽까지 버틸 수 있을까?'

2층 창가에 기대어 비스듬히 광장의 모습을 보며 나는 초조함에 말라붙은 입술을 핥았다.

'최종 목표는 새벽까지 버티는 것. 그러면 이대로 버티기만 해도 될 것 같지만… 메시지는 자정이 지나면 더 큰 재앙이 다가온다고 했었지.'

지금의 상황만 해도 까딱 잘못하면 끝장이 날 수도 있는 상황인데 저기에 더 큰 재앙이 더해진다면?

"절대 못 버텨."

그것이 나의 결론이었다.

사람들은 이미 눈앞에서 죽어가는 사람들의 모습을 보며 짙은 공포에 물들고 말았으니까.

피와 죽음이 가깝게 살아온 사람도 막상 공포에 젖어들고 나면 제 역할을 하기 힘든 것이 현실이었다.

헌데 척 봐도 평범한 일상을 살아왔을 것 같은 사람들이 이 지옥을 버텨낼 수 있을까?

아니. 절대로 무리였다.

"최소한 써먹을 수 있는 무기라도 있다면……."

나는 그렇게 아쉬움을 삼키며 허전한 맨손을 내려다보았다.

부지깽이는 도주하던 도중 뒤로 집어던져서 시체괴물의 습격 속도를 늦추는데 사용해버렸다.

그렇게… 곧이어 다가올 비관적 미래에 대해 걱정을 하고 있을 때였다.

〈1시간이 경과했군요. 잘 살아남았습니다. 자격을 얻은 이들에게는 그에 응하는 선물이 있답니다.〉

눈앞에 새로운 메시지가 선명한 글귀로 새겨졌다.

그리고…….

〈무기를 선택하세요.〉

〈단, 선택은 한 가지만 할 수 있습니다.〉

이어지는 글귀와 함께 눈앞으로 거짓말처럼 여러 개의 실루엣들이 아지랑이처럼 피어올랐다.

환영처럼 일렁이는 듯하다가 이내 제대로 된 형태를 갖추며 실체화 되는 물체들.

그것은 다름 아닌 무기였다.

검, 창, 도끼, 단검, 망치, 활 등등 다양한 무기들이 일정한 간격을 둔 채로 허공에 떠올라 있었다.

"나쁘지 않군."

나는 솔직하게 인정하기로 했다.

당최 어떻게 일이 돌아가고 있는지는 모르겠지만 이 판을 만들어낸 존재는 그저 살육을 즐기려고 하는 게 아니라는 사실을 말이다.

단순한 살육을 보기 위해서 이렇게 무기까지 준비해 줘 가며 틈을 줄 리가 없지 않은가.

'어쩌면 한껏 발악하며 죽어가는 모습을 보고 싶은 건지도 모르겠지만.'

어쨌든 지금의 시점에 뭐라도 무기를 쥘 수 있게 되었다는 사실은 무척이나 고무적인 일이었다.

"암살이라면 단검을 쥐었겠지만…."

다양한 무기들을 두고 잠시 고민하던 나는 결국 창을 선택했다. 늘어서 있는 무기들 중에 가장 사정거리가 길면서도 다루는 방법이 그리 복잡하지 않기 때문이었다.

사실 가장 안전한 건 활이었으며, 나라면 그것을 능숙하게 다룰 수도 있었지만…….

'앞으로 무슨 일이 벌어질지 모르는 상황에서 화살처럼 제한이 있는 무기를 사용한다는 건 리스크가 너무 크니까.'

창을 선택하자 나머지 무기들은 처음 등장했던 것처럼 일렁이며 실루엣의 형태로 변하더니 이내 공기에 녹아들듯이 사라져버렸다.

〈그럼 건투를 빕니다.〉

무기들이 사라지자 또 새로운 글귀가 눈앞에 새겨지며 떠올랐다가 흩어지듯 사라졌다.

그것을 슬쩍 훑겨본 나는 손에 들린 창을 내려다보았다.

창날부터 창대까지 묵빛으로 이루어져 있는 심플하기 그지없는 디자인의 창.

"제법 묵직하네."

창은 아무래도 창날부터 창대까지 전체가 금속으로 이루어져 있는 듯 했다.

쉭- 쉬이익-!

몇 번 허공에 창을 휘두르고 가상의 타겟으로 찔러 넣는 행위를 해보던 나는 곧 만족스러운 감각을 잡아낼 수 있었다.

주력으로 사용하던 무기들과 사용하는 방식이 조금 다르기는 하지만 익숙해지는데 그리 큰 어려움은 없었다.

"자, 그러면… 이제 어떡한다?"

손에 쥐어진 창의 무게 때문일까. 아까 전보다는 훨씬 마음에 여유가 생긴 나는 광장을 점거한 채 비틀거리며 걸어다니는 시체괴물들을 차분한 시선으로 내려다보았다.

굳이 무기까지 주었다는 것은 분명 그것을 사용하라는 의미일 터.

"결국은 저 녀석들을 쓰러뜨려야 한다는 건데……."

할 수 있을까? 하는 생각이 제일 먼저 머리를 스친다.

아까 전 도주하며 살펴보았던 놈들의 운동능력을 고려해보면 무기씩이나 들고 처치하지 못할 것도 없었지만… 문제는 놈들의 숫자였다.

아무리 나라고 해도 놈들이 한꺼번에 달려들거나 하면 죽음을 각오해야만 하는 것이다.

사실 가장 좋은 시나리오는 마찬가지로 무기를 얻게 되었을 사람들이 한꺼번에 문을 열고 나와서 반대로 이쪽에서 시체괴물들을 다굴 치는 것이었지만…….

'…지금의 시점에서 그게 가능할 리가 없지.'

작게 한숨을 내쉰 나는 창가 옆에 기댄 채로 가만히 눈을 감았다.

'어차피 결국에는 선택을 할 수밖에 없으니까.'

나는 이미 마음의 결정을 내린 상태였다.

스스로가 살아남기 위해서라도 이대로 허무하게 시간을 보내고만 있어서는 안 된다는 강렬한 예감이 들었기 때문이었다.

그러니까 지금 눈을 감고 행하는 이 의식은 온 몸의 근육과 그것을 잇는 혈관의 세포 하나까지도 빈틈없이 전투모드로 변화시키기 위한 일종의 마인드 컨트롤이었다.

"후우우…."

다시 눈을 뜬 나는 소리 없이 창문을 열어젖히며 그 위로 올라섰다.

"!?"

비스듬한 각도의 베란다에 몸을 숨기고 있던 여자가 시선을 마주치고는 눈을 크게 치켜떴지만 나는 신경 쓰지 않고서 시체괴물들의 동태에만 집중했다.

그리고… 아래로 떨어져 내린다.

타닥-

"큐히익?"

미세하게 발생한 소음을 정확하게 캐치하고서 돌아보는 시체괴물.

하지만 다행스럽게도 놈들은 시각이 그리 뛰어나지는 않은지 내가 자세를 낮춘 채 가만히 있자 금세 흥미를 잃고서는 다시 비틀대며 걸어 다니기 시작했다.

'휴우… 일단 시작부터 망하진 않았네.'

내심 안도의 한숨을 내쉬며 서서히 자세를 바로 하던 나는 문득 떠오른 생각에 고개를 위로 올려보았다. 그러자 하얗게 질린 얼굴로 뭐라뭐라 입술을 빼금대며 말하고 있는 여자의 모습이 보였다.

갑자기 괴물들의 소굴로 뛰어내린 내가 죽고 싶어서 환장한 아주 미친놈처럼 보이는 모양.

'사실 미친놈이 맞긴 하지만, 큭큭.'

가볍게 실소를 머금은 나는 시체괴물들의 동태를 파악하며 돌진의 자세를 취했다.

현재 눈에 보이는 시체괴물들의 숫자는 약 20마리 정도.

그 중에 10미터 내외의 가까운 거리에 위치한 시체괴물은 5마리 정도였다.

나머지 녀석들은 광장 중앙 쪽에서 서성거리고 있거나 그 반대편의 가장자리 쪽에서 서성거리고 있는 상태.

'즉, 당장 상대해야할 숫자는 5마리 정도라는 뜻이지.'

그렇다는 것은 타이밍만 잘 잡으면 꽤나 우세한 싸움을 이어가게 될 수도 있다는 뜻이었다.

'어디가 약점인지는 대강 감이 오니까.'

기괴한 형태로 뒤틀려져 있으면서도 시체괴물들의 몸에는 분명 숙주가 된 인간의 머리통이 매달려 있었다.

물론, 그곳이 약점이라는 보장은 어디에도 없었지만… 여기까지 온 이상은 해보는 수밖에는 없으니까.

'부디 예상이 빗나가지 않았으면 좋겠군.'

쓴웃음을 지어보인 나는 창끝을 전방으로 향하며 타겟을 선정했다.

선정된 첫 번째의 타겟은 현재 가장 가까운 거리에 있으면서 그나마 인간의 형태가 가장 덜 무너진 것처럼 보이는 모습의 시체괴물.

번뜩-

시체괴물을 노려보자 자동으로 노리는 지점인 머리통이 클로즈업이라도 된 것처럼 선명하게 다가와져 보인다.

두근두근-

스스로의 심장박동 소리마저 선명하게 들려오며 온 신경이 곤두서기 시작했다.

온 몸의 신경기관들이 저절로 흥분하며 달아오르고 있었던 것이다. 하지만 반대로 타겟을 노리는 시선과 변수마저 계산하는 머리는 차갑게 식어있었다.

"후우…."

짧은 순간 모든 계산을 끝낸 나는 잠시나마 참아왔던 호흡을 길게 토해냈다.

그때 가장 가까운 거리에서 서성대던 시체괴물이 방향을 전환하며 분수대가 있는 방향 쪽을 향해 걸음을 옮기기 시작했다.

'지금!'

나는 타이밍을 놓치지 않고 빠르게 지면을 박찼다.

타다다닷-

"큐헤엑-!"

달려가는 소리에 시체괴물이 곧장 돌아보며 반응한다.

하지만,

"흐읍!"

푸우우욱-

이미 쏘아진 창날은 시체괴물이 반응을 할 틈도 없이 놈의 머리통을 꿰뚫고 있었다.

관통과 동시에 그대로 굳어지며 파들거리는 시체괴물.

곧 힘없이 허물어지는 시체괴물의 모습에 나는 입꼬리를 말아 올렸다.

'빙고!'

도박에 가까운 예상이 들어맞은 것이다.

"이러면 할 만해지지."

허물어진 시체괴물을 짓밟고서 창을 회수한 나는 곧장

몰려드는 시체괴물들에게서 맞서서 달려갔다.

현재 가까운 거리에 있는 시체괴물은 4마리.

나는 먼저 그 중 선두에 있던 녀석의 머리통으로 창을 찔러 넣었다.

쐐애애액-

푸각-!

이번에도 단숨에 머리통을 꿰뚫는 창날.

나는 그 상태로 창을 휘저어 시체를 옆으로 던져버리며 창을 회수하는 것과 동시에 코앞까지 다가온 시체괴물의 공격을 침착하게 창대로 막아내는 것과 동시에 밀어젖혔다.

"큐헤에엑-!"

쿠당탕탕-

균형을 잃고서 밀쳐진 시체괴물이 달려오던 속도를 이기지 못하고 나뒹굴어진다.

그 사이 또 코앞까지 접근한 시체괴물의 모습에 나는 자연스럽게 스텝을 밟아 경로를 벗어나며 창대를 짧게 움켜쥐었다.

푸우욱-

지나쳐가는 시체괴물의 관자놀이를 향해 정확하게 쏘아진 창날이 놈의 머리를 고스라이 헤집는다.

이걸로 3마리 째 사살.

나는 서두르지 않고 뒤이어 달려드는 시체괴물을 향해

회수한 창을 다시 뻗어냈다.

퍼걱-

이번에도 창날은 정확히 시체괴물의 머리를 꿰뚫었다.

마치 10년 이상은 이 짓만 해온 것처럼 정확한 솜씨.

'창술 같은 걸 정식으로 배운 적은 없지만… 디아틀로스의 훈련 과정은 기본적으로 어떤 사물이든 무기로써 다룰 수 있는 능력이니까.'

대체재로써 나무막대나 강철봉 같은 것은 꽤나 자주 다루어 보았었다.

"큐헤엑! 퀘헥!"

"시끄러워!"

푸우욱-

밀쳐져 나뒹굴었던 시체괴물까지 침착하게 제거한 나는 벌써 5미터 안쪽까지 다가든 나머지의 시체괴물들을 응시했다.

"큐휘이이익-!"

"크헤에엑-!"

"퀘헤에에-!"

흉측한 몰골만큼이나 위협적으로 달려 들어오는 괴물들.

"역시 좀 후달리긴 하네."

뒤늦게 꺼내어보는 후회의 말.

하지만 후회는 아무리 빨리해도 결국에는 늦는 법이었다.

"허무하게 당해줄 생각 따위는 없으니까!"

나는 이를 악물며 창끝을 전방으로 향했다.

바로 그때였다.

쉬익- 푹!

미세한 바람소리와 함께 쏘아진 화살이 선두에서 달려들던 시체괴물의 미간에 정확히 박혀들었다.

"!?"

살짝 놀란 표정으로 화살이 날아든 경로를 쳐다보자 하얗게 질린 얼굴로 베란다에 서서 활을 이쪽으로 향하고 있는 여자의 모습이 보였다.

잔뜩 겁에 질려 있으면서도 그것에 무너지지 않고 입술을 질끈 깨물고 있는 모습.

"저, 저도 도울게요!"

힘겹게 외치는 여성의 말에 나는 입 꼬리를 말아 올렸다.

생각지도 못한 지원이었기 때문이었다.

'나쁘지 않군.'

입가에 미소를 매단채로 나는 시체괴물들이 달려드는 방향의 좌측으로 빠르게 움직여가기 시작했다.

공중에서의 화살 지원이 붙은 이상 굳이 시체괴물들의 속으로 뛰어들어 위험을 감수할 필요는 없을 테니까.

"도망치면서 침착하게 하나씩."

방침을 결정한 나는 일종의 카이팅(게임 용어로써 자신의 사거리를 고수하며 이득을 보는 방법)을 하기 시작했다.

기괴한 몸의 형태를 지닌 만큼 방향전환에서만큼은 느릴 수밖에 없는 시체괴물들의 약점을 이용해서 거리가 가까워질 때마다 수직이나 대각선의 방향으로 피해가며 다시 거리를 벌리는 것이다.

그런 와중에 사정거리의 안쪽으로 들어온 녀석은 착실히 머리통을 꿰뚫어 주었다.

쉬익- 푹!

빠악! 퍼거억-

돕겠다며 나섰던 여자의 활솜씨도 나쁘지 않았다.

계속해서 타겟이 움직이고 있는 난전의 상황임에도 불구하고 화살 3발에 하나 정도는 정확히 시체괴물의 머리를 꿰뚫고 있는 것이다.

그렇게 처치한 시체괴물이 벌써 9마리 째.

이제 남은 시체괴물은 기껏해야 6마리뿐이었다.

"윽! 저 이제 화살이 다 떨어졌어요!"

베란다 쪽에서 그런 목소리가 들려왔지만 이 정도면 이제 괜찮았다.

예상치보다 훨씬 빨리 머릿수를 줄일 수 있었던 탓에 아직 체력에 여유도 충분했으며 카이팅이 완벽하게 통한다는 것을 확인한 이상 고작 6마리 정도의 시체괴물을 더 처치하지 못할 일은 없었기 때문이었다.

'게다가….'

분위기를 보고 슬슬 물타기를 시작한 이들도 있었다.

"제길! 나도 싸우겠어!"

"그래! 남자가 가오가 있지!"

여태껏 쥐죽은 듯이 건물의 안에 숨어있던 이들 중 일부가 마치 들으라는 듯 커다란 목소리로 호기를 드러내며 속속들이 튀어나오기 시작했다.

제각각 검이나 창, 도끼 따위를 들고 있는 건장한 체격의 남자들.

이 쯤 되면 나서도 위험해지지는 않겠다는 계산이 선 뒤에야 나온 약삭빠른 행동이었지만 불만은 없었다.

어쨌든 그들이 나서줌으로 인해서 내가 해야만 할 수고가 조금이라도 줄어들게 될 테니까 말이다.

"히야압!"

"흐압!"

시체괴물들의 시선에 나에게로 향해있는 사이 뒤에서 달려든 남자들은 저마다 기합을 내지르며 들고 있는 무기들을 마구잡이로 휘둘러댔다.

푹! 퍼걱!

푸각! 콰드득!

지금껏 쭈욱 내가 하는 것을 봤을 텐데도 머리통을 노릴 생각은커녕 무기에 힘을 제대로 싣지도 못해서 엉망진창인 공격들이었지만 역시 다굴에는 장사가 없는 법이었다.

칼이 괴물의 신체 일부를 잘라내고, 창이 박혀들어 균형을 무너뜨리며, 도끼나 망치 등이 휘둘러지며 맞닿는 부위를 박살내는데 견뎌낼 수 있을 리 없었다.

"큐히익… 퀘헥!"

"퀘히이익…!"

그렇게 남은 6마리의 시체괴물들은 나와 사람들의 협공(?)에 당해 순식간에 다시 시체로 돌아가고 말았다.

모두를 극도의 공포로 몰아넣었던 괴물들치고는 다소 허무한 최후였다.

'어차피 이건 맛보기일 뿐이겠지만.'

혹시나 다시 괴물이 일어날까 연신 무기를 휘둘러가며 시체를 아예 곤죽으로 만들어가는 이들을 보며 나는 조용히 창날에 묻은 핏물을 털어냈다.

❖

"……."

"……."

한 차례 폭풍이 지나가고 광장에는 살아남은 이들이 모두 모여들었다.

누군가의 제안으로 여기저기 널린 괴물들과 희생자들의 시체가 구석진 골목의 그림자 속으로 치워졌기 때문이기도 하지만 그보다는 광장의 중앙으로 생겨난 테이블들 때문이었다.

시체들은 다 치워냈지만 여전히 끔찍하게 남겨진 참상의 흔적으로 인해 을씨년스러워진 광장으로 무거운 적막만이 내려앉았을 때였다.

〈1시간이 경과했군요. 잘 살아남았습니다. 자격을 얻은 이들에게는 그에 응하는 선물이 있답니다.〉

〈히든! 공포에 굴하지 않고 용감히 맞서 싸워 이기셨군요? 그에 대한 대가로 살아남은 모두에게 주어지는 보상이 강해지며 최고 수훈자에게는 추가 보상이 주어집니다.〉

새롭게 허공으로 새겨지는 메시지와 함께 광장의 중앙으로 아지랑이와 같은 일렁임이 생겨나는가 싶더니 이내 수없이 많은 요리들이 놓여진 기다란 테이블들이 나타났다.

제대로 된 냄새와 열기까지 지닌 먹음직스러운 요리들.

호텔 뷔페를 연상시키는 그 유혹적은 모습에는 지금껏 쌓여온 공포마저 잊게 만드는 무언가가 있었던 것이다.

처음에는 눈앞에 음식을 두고서도 제대로 먹지 못 했지만 늘 그렇듯이 누군가 스타트를 끊자 다들 홀리기라도 한 것처럼 그릇을 들고 각자의 취향에 맞는 음식들을 마구 담아 집어삼키기 시작했다.

죽은 사람들을 제외하고 족히 50명은 되는 인원이 모여 있음에도 어떤 대화도 없이 식사에만 열중하는 기이한 광경.

'숨 막히는 분위기네. 뭐, 시끄러운 것보다는 이편이 낫겠지만.'

잔뜩 채워진 콜라 한 잔과 치즈버거만을 움켜쥔 채 구석에 틀어박힌 나는 오랜만에 맛보는 미국 본토 특유의 치즈버거의 맛을 입속으로 굴리며 입술을 핥았다.

"…다들 괜찮나요?"

식사를 마치고 포만감이 들어차자 어느 정도 여유가 생긴 것일까. 눈치만 보던 사람들 사이에서 누군가가 말했다.

족히 190센티는 되어 보이는 장신에 몸의 균형까지 제대로 잡혀있는 건장한 체구의 잘생긴 사내.

지금의 상황을 돌아보면 그 역시도 본래 그 자신의 모습은 아닐 가능성이 컸지만 자연스럽게 분위기를 환기시키며 시선을 끌며 그것을 쉽게 받아들이는 것으로 보아 본래의 모습도 못 나지는 않았을 것이라는 예상이 들었다.

일순 자신에게 쏠린 시선에 사내는 사람 좋은 미소를 지으며 말했다.

"하하, 갑자기 모두 절 쳐다보니까 좀 떨리네요. 하지만 계속 이렇게 서로 한 마디도 없이 어색하게 앉아 있을 수는 없잖아요?"

거기까지 말한 뒤 사내는 모두를 돌아보며 반응을 확인하는가 싶더니 이내 뚜렷한 어조로 말했다.

"우선 통성명부터 하죠. 전 송유찬이라고 합니다. 나이는 25살이고요. 부끄럽지만 아이돌 그룹의 리더로 활동하고 있었죠."

"에? 아이돌이요?"

아직 20살도 되어 보이지 않는 앳된 얼굴의 소녀가 물었다.

"네. 알고 계실지는 모르겠지만… 델크러쉬라는 그룹의……."

"꺄아앗!"

"뭐, 뭐야! 왜 그래?"

갑작스런 소녀의 비명에 옆에 있던 남자가 화들짝 놀라며 물러섰다. 하지만 소녀는 아랑곳하지 않고 송유찬을 보며 말했다.

"진짜 유찬 오빠 맞아요? 정말로?"

의심을 하면서도 솟구치는 기대감을 숨기지 못하는 표정.

맞다고 대답이라도 했다가는 아예 기절이라도 할 것 같은 기세였지만, 그런 소녀의 기대는 단지 바람으로만 끝나고 말았다.

"지금 그딴 게 중요한 게 아닌 것 같은데?"

잠자코 있던 한 사내가 띠꺼운 표정을 지으며 끼어들었기 때문이었다.

180센티 정도의 키에 단단하다는 느낌을 주는 체구의 근육질 사내.

그 역시도 뒤늦게나마 뛰어들어 시체괴물들을 공격하던 소위 '용기 있는 이들' 중 하나였다.

"확실히 그러네요. 지금 중요한 건 그런 게 아니겠죠. 하지만 통성명은 해두는 편이 좋지 않겠어요? 아, 참고로 전 정말로 델크러시의 리더 송유찬이 맞답니다. 그쪽은요?"

다소 공격적인 사내의 말에도 송유찬은 아랑곳하지 않고 웃으며 물었다. 사내는 못마땅하다는 표정을 지으면서도 순순히 답했다.

"나는 김장혁. 나이는 31살이고. 전문 헬스 트레이너였다. 그리고……."

"그리고?"

"마포대교에서 뛰어내려서 자살했다."

"……!"

담담하게 내뱉어간 김장혁의 고백에 모두의 눈이 크게 치켜떠졌다. 단순히 그가 자살을 했다는 말을 내뱉었기 때문만은 아니었다.

'다들 짐작이 가는 부분이 있을 테니까.'

내가 죽은 뒤에 깨어났듯이 여기에 모인 이들도 분명 어떤 방식으로든 그와 비슷한 경험을 했을 것이었다.

"아! 그러고 보니 나는 집으로 돌아오던 길에 차 사고가 났었어……."

"저, 저는 공사현장에서 발을 헛디뎠었는데……."

"……전 욕조에서 손목을 그었었어요."

하나 둘씩 나오는 사람들의 고백.

잠자코 듣고 있던 송유찬이 말했다.

"역시 그렇군요."

"……!?"

"짐작은 하고 있었지만 역시 저희는 죽은 것 같네요. 저는 멤버들이랑 일정을 가던 도중에 사고로 차가 전복되었었거든요. 그래서 눈을 떴을 때는 영락없이 병원인가 싶었었는데……."

그 말을 끝으로 송유찬은 입을 다물었다. 그리고 모두의 입도 똑같이 다물어졌다.

'생각을 정리할 시간이 필요하겠지.'

깨어나면서부터 죽었었다는 걸 인식했던 나와는 달리 모인 대부분의 이들은 이제야 죽기 직전의 상황을 기억해낸 모양이었으니까 말이다.

"그, 그게 무슨 소리죠? 저는 그냥 평범하게 집에 돌아와 잠이 들었었는데?"

스스로가 죽었다는 것을 인정하기에는 다소 억울한 이들도 있는 모양이었지만 대부분의 이들은 심란한 얼굴을 한 채로 생각에 빠져드는 모습이었다.

그런 이들을 관찰하며 나는 잠자코 앉아 생각을 정리하기 시작했다. 지금까지 드러난 이야기만 해도 대강의 상황을 파악하는 데는 문제가 없을 테니까.

'그럼 정리를 해보자면…….'

첫째. 우리는 모두 죽었다. 하지만 죽게 된 이유는 제각각인 듯 하다.

둘째. 우리는 모두 본래 자신의 모습이 아닌 다른 존재의 몸에 들어와 있는 듯 하다. 대부분은 유럽계 백인의 모습을 하고 있지만 그 중에는 흑인이나 황인종도 있는 것으로 보아 획일화된 기준이 있는 것처럼 보이지는 않았다.

셋째. 정확히 어떤 기준인지는 모르겠지만 일종의 '빙의' 가 된 우리들은 현 시점의 몸을 갖게 된 나름의 특성이 현실로부터 반영이 된 듯 하다.

'내가 어째서 이렇게 비쩍 마른 몸에 눈 밑에는 다크서클까지 짙은 이런 폐인 같은 몰골의 몸에 들어오게 된 건지는 모르겠지만…….'

몸 짱 아이돌이라던 송유찬과 헬스 트레이너였다던 김장혁 등의 경우를 보자면 충분히 가능성이 있는 이야기였다.

"결국에는 아무 것도 모르는 추측일 뿐이지만."

나지막이 중얼거리며 나는 생각을 이었다.

"넷째는…."

잠시 말을 멈추며 나는 시체들을 치워둔 어두운 골목길 쪽을 쳐다보았다.

넷째. 우리는 현재 지옥과 마주한 상황이며, 이것은…….

"…언제 끝날지 모른다."

글귀의 내용대로라면 일단 새벽이 올 때까지만 버티면 되는 모양이지만, 그걸로 끝이라는 보장은 없으니까.

"…애초에 새벽까지 무사히 살아남을 수 있으리라는 보장도 없고."

거기까지에서 생각을 멈춘 나는 다시 광장의 안쪽으로 시선을 옮겼다.

어느덧 상념에서 깨어나 어색한 시선으로 주변을 돌아보는 사람들.

서로 눈이 마주치고 무언의 교류가 오가자 사람들은 저마다 자신이 알고 있는 정보들을 꺼내며 이 상황을 이해하기 위해 애를 쓰는 모습이었다.

하지만… 아무리 이야기를 나눠봤자 별다른 시원한 해답 같은 것이 나올 리는 없었다.

'딱히 새로운 내용이 나올 리도 없고.'

상황은 정확히 내가 정리한 네 가지의 범주 안에 모든 것이 속해 있었다.

그럼 지금의 시점에서 가장 중요한 건 무엇일까?

"…역시 생존이겠지."

다시금 되돌아온 결론에 나는 실소를 머금으며 어깨에 기대어 둔 창대를 의식적으로 꽉 움켜쥐었다.

❖

저마다 의견을 교환하던 사람들은 결국 별다른 수확을 거두지 못하고 다시 본래대로 흩어졌다.

아이돌 리더 출신이라던 송유찬이 주도적으로 나서며 사람들을 결집시키기 위해 노력하는 듯 보였지만 결국 그 정도의 연륜으로는 역부족이었던 것이다.

나서기에 앞서 송유찬은 제일 먼저 내게 도움을 요청했었지만 나는 그 제안을 단칼에 거절했다.

'내가 거들어 줬다면 이야기가 달라졌었겠지만… 의미 없이 짐덩이를 안을 생각은 없으니까.'

지금의 시점에 송유찬은 내게 아무런 도움이 되지 못할 짐덩이에 불과한 것이다.

사실 그가 아니라 누구라고 할지라도 살아남은 이들 중 앞으로 도움이 될 것처럼 보이는 이는 없었다.

그나마 쓸모가 있을 것 같다고 여겨지는 대상이라면 아까 시체괴물들을 처치할 때 발코니에서 지원사격을 해주었던 그 소녀 정도일까?

얼핏 듣기로 윤손하라는 이름을 가진 그녀는 이제 막 20살이 되는 새내기 대학생이었는데, 고등학교 때까지 양궁을 했었다고 했다.

선수가 될 정도로 뛰어난 기량을 보이지 못해 결국 포기하고 평범한 대학교를 지망했다고 했지만, 한국의 양궁 수준을 보면 그 정도의 경험만으로도 일정이상의 활솜씨를 보여주기엔 충분하리라.

'무엇보다도 저 여잔 강단이 있으니까.'

내가 그녀를 높게 쳐주는 이유는 그녀가 지닌 활솜씨 때문이 아니었다.

누구보다 먼저 나를 돕기 위해 나서서 정확히 괴물의 머리를 겨냥해서 쏠 수 있는 침착함과 대담함 때문인 것이다.

모두가 겁에 질려있던 상황에서 나섰다는 것만 해도 대단한 일인데 그 와중에 시체괴물들의 약점이라 할 수 있는 머리통을 겨냥해서 쏘아댔으니까 말이다.

'저기 어깨에 힘만 잔뜩 들어가 있는 얼치기들과는 확실히 다르지.'

거의 상황이 다 끝나고 나서야 튀어나와 숟가락만 얹어놓고 진정한 남자인양 거들먹거리는 머저리들과는 레벨부터가 틀린 것이다.

'스카우터 놈들이 보면 좋아했겠군. 지금 나랑은 아무 상관도 없는 이야기지만.'

일단 죽었다는 것이 확실한 시점에서 생전의 일에 대해 떠올려봤자 무소용이었다.

약간의 관심.

딱 그 정도에서 윤손하에 대한 생각을 마무리한 나는 서서히 자정으로 가까워져가는 시간을 가늠하며 곧이어 다가올 '더 큰 재앙' 을 대비하기 시작했다.

❖

다행히도 식사시간은 방해되지 않았다. 최후의 만찬이라도 되는 것처럼 살아남았던 모두는 더 없이 만족스럽게 주린 배를 채울 수 있었다.

사람들은 누군가에 의해 뭉쳐진다든가 하는 일은 없었지만 저마다 조금씩 무리를 지어 마음의 안정을 구하는 듯한 모습이었다.

은연중에 무리의 리더역을 맡은 사람들은 저마다 한 번씩은 나를 찾아와 영입제안을 했고, 개 중에는 빼어난 미모를 이용해 미인계를 펼치는 여성도 있었지만 모두 다 거절당하고 돌아갔다.

그렇게 여러 가지의 일들이 벌어지는 가운데 시간은 차곡차곡 쌓여져 어느새 자정이 코앞으로 다가왔다.

광장의 동쪽에 위치한 건물의 꼭대기 층에 매달린 시계의 분침이 시시각각 12라는 숫자를 향해 가까워져 가고 있었던 것이다.

자정까지 이제 겨우 몇 분 정도만이 남겨진 상태에서 이제 모든 사람들은 저마다 무리를 이룬 채로 건물의 내부로 대피한 상태였다.

최대한 가까운 건물들로 자리 잡고 옥상이나 창문을 통해 판자를 연결시키는 등 할 수 있는 최대한의 대비를 한 것이다.

그곳 어디에도 다가올 재앙에 맞서 싸우겠다는 의지는 보이지 않았지만 적어도 생존을 위한 준비를 했다는 것 자체만으로도 썩 나쁜 대응은 아니었다.

"…이렇게 되고 보니 조금은 외롭네. 크크."

모두가 저마다의 무리를 이루어 흩어진 상황에서 나는 여전히 혼자였다.

찾아와 손을 내밀었던 모두의 제안을 매몰차게 거절하고 나니 자연스럽게 왕따의 위치가 되었던 것.

어차피 모두를 짐덩이 정도로 생각하는 입장에서 혼자가 된다고 해서 시무룩해질 필요는 없었지만 막상 홀로 떨어져 있자니 조금은 섭섭한 기분이었다.

"이제 1분인가."

창가에 기대어 확인한 시계는 어느새 자정까지 1분만을 남겨두고 있었다.

'59, 58, 57, 56….'

굳이 시계를 들여다보지 않아도 저절로 머릿속에서 줄어들어가는 시간.

언제 어디서 무슨 일이 벌어지든 대응할 수 있도록 감각을 예리하게 깨워내며 나는 창틀 위로 턱을 괸 채 생각에 잠겼다.

그것은 아까 전 만찬의 시간에 주어진 보상에 관련된 것이었다.

당연한 이야기지만, 나는 시체괴물들을 처치한 최고의

수훈자로 선정되었다.

그로 인해 나에게만 추가로 주어진 보상.

그것은 다름 아닌 손전등이었다. 손바닥 안에 딱 들어올 정도로 조그마한 LED손전등이 최고 수훈의 보상으로 주어진 것이다.

'이걸 어디에 쓸 수 있을 런지는 모르겠다만…….'

나는 손바닥 위에 올려진 검은색의 손전등을 보다가 손전등을 주머니로 쑤셔 박았다.

초 단위로 줄어들고 있던 시간이 어느새 10초 안쪽까지 좁혀져 있었기 때문이었다.

'7, 6, 5, 4….'

나는 창가에서 물어나 창을 움켜쥔 채 긴장감을 끌어올렸다. 이제 불과 3초 뒤면 예고되었던 재앙이 찾아들게 된다.

"…3, 2, 1."

차례로 줄어드는 카운트와 함께.

찰칵-

시침과 분침이 동시에 12라는 숫자를 가리킨다.

그리고… 다음 순간이었다.

[대애앵~ 대애앵~ 대애앵~]

을씨년스럽게 광장을 가득 울리는 종소리.

숨소리조차 크게 들릴 만큼 고요함에 사로잡혀 있었기 때문일까?

곤두선 신경에 저절로 어깨를 움찔하고 말았을 정도로 선명하게 들려오는 종소리에 나는 이를 악물며 더더욱 긴장감을 상승시켰다.

이제부터 무슨 일이 벌어져도 이상하지 않으니까.

당장에 눈앞으로 괴물이 나타나도 이상하지는 않으리라.

슈아아아악-

"!"

하지만 나의 예상은 무참히 빗나가고 말았다.

무언가 대비를 할 틈도 없이 발아래로부터 회전하며 솟구쳐 오른 검은색의 연기가 나를 집어삼켜왔기 때문이었다.

"큭!"

이미 피하기는 늦은 상태.

나는 욕을 삼키며 창대와 팔을 교차해 얼굴을 가렸다. 그리고는 곧이어 다가올 충격에 대비한다.

무엇이 되었든 부디 내가 견뎌낼 수 있는 정도의 공격이기를 바라며.

"……!?"

하지만 아무리 기다려도 고통이나 충격 따위는 전해지지 않았다. 그에 자세를 풀며 잠시나마 감겨졌던 눈꺼풀을 밀어 올렸을 때였다.

"이건…."

나는 말을 이을 수가 없었다.

잠깐 눈을 감고 떴던 순간 전혀 새로운 장소로 이동되어 있었기 때문이었다.

사방으로 둘러싸여 있던 벽들도, 등을 지고 있던 창문도, 그 너머에 연결된 광장 역시도… 모든 것이 사라져 있었다.

대신 눈앞에 펼쳐진 것은 울창한 숲의 전경.

어둠에 사로잡혀 한치 앞도 제대로 분간하기 어려울 것 같이 음습한 느낌의 숲길이 눈앞으로 펼쳐져 있었다.

그리고… 등 뒤로는 다 쓰러져가는 산장이 서있었으며,

"뭐, 뭐야!?"

"여기는 어디죠?"

"이게 대체 어떻게 된 거야!"

산장의 문 앞에는 혼란에 차 허둥대고 있는 세 명의 남녀가 서있었다.

톱스타의 킬링필드

Hell is coming

chapter 2. 죽음의 게임

"……."

사소한 일들까지 세세하게 떠올려가며 꿈의 내용을 작성해나가던 나는 어느새 3장 째를 넘어가고 있는 페이지에 잠시 펜을 놓고는 시계를 쳐다봤다.

[AM 06:02]

새벽을 지나 서서히 아침의 영역으로 다가가려는 시간.

"벌써 2시간이나 지났나?"

잠에서 깨어나 번민하다가 펜을 쥔 게 정확히 새벽 4시 29분이었으니 족히 2시간은 지나간 셈이었다.

"…미치겠군."

뻑뻑한 눈을 문지르며 새롭게 꺼내어든 캔 콜라를 원 샷 한 나는 다시 탁자의 앞에 자리를 잡으며 펜을 집어 들었다.

꿈의 내용은 이제 겨우 절반만이 기술되었을 뿐이니까.

생각 같아서는 다 개꿈이라고 치부하며 펜을 놓고 침대나 뒹굴 거리고 싶은데 마치 최면이라도 걸린 것처럼 꿈을 기술하는 행위를 멈출 수가 없다.

머릿속에 있는 이 혼란한 감정의 편린과 이질적인 기억의 집합들을 한시라도 빨리 늘어놓지 않으면 안 될 것만 같은 위기감이 쉼 없이 나를 옥죄어 왔던 것이다.

“제길!”

재차 욕설을 머금으며 나는 펜을 쥐고 새롭게 넘긴 노트의 빈 페이지 위로 꿈의 내용을 새겨넣기 시작했다.

사각사각…

『눈을 떴을 때 본 것은 또 다른 외딴 장소와 광장에서도 언뜻 본 적이 있던 세 명의 남녀였다. 어정쩡하게 서서 불안과 공포를 감추지 못하고 있는 세 남녀. 나는 그들을 마주 하여…….』

❖

30대 정도로 보이는 백인 남자와 20대 초반 정도로 보이는 흑인 남자. 그리고 붉은색의 머리칼이 인상적인 글래머 백인 여성이 겁에 질린 얼굴로 사방을 둘러보고 있었다.

아까 전 광장에 있을 때 스치듯 이나마 한 번 정도씩은 본적이 있는 얼굴들.

그들은 모두 각자 다른 종류의 그룹에 속해있던 이들이었다.

바로 그때였다.

[끼이이이익-!]

다시금 귓전을 긁으며 울리는 날카로운 소음과 함께 새로운 글귀가 산장 앞의 허공으로 새겨지기 시작했다.

〈재앙이 다가옵니다. 다가드는 죽음에 대비하시길.〉

〈술래잡기가 시작됩니다. 게임 시작 후 5분 뒤부터 필드에는 살인마가 돌아다니니 잘 도망 다니시길.〉

〈살인마는 어떤 공격에도 죽지 않으며 여러분들을 죽이기 위해 어떤 방식으로도 움직일 수 있습니다. 그러니 죽지 않기 위해서는 열심히 뛰어다녀야겠죠?〉

차례로 새겨졌다 스르륵 사라지는 핏빛의 글귀.

그 모든 것들이 사라지자마자 눈앞으로 마치 게임의 퀘스트창 같은 것이 떠올랐다.

[시험: 죽음의 게임]

–살인마의 손에서 살아남으세요.

–새벽까지 버티면 살아남을 수 있습니다.

(조언: 피로 물든 눈동자 조각을 찾아 제단으로 가세요.)

글귀와는 달리 조금 더 세밀한 목적의식을 주는 직사각형의 메시지 박스.

반투명한 색채의 메시지 박스는 내가 모든 내용을 인식하자마자 스르륵 공기 중으로 녹듯이 사라졌다.

"이게 무슨… 살인마라고?"

"흐윽! 어, 어떡해요 우리? 어떡하냐고요!"

"시끄러워 썅년아! 일단 좀 닥쳐보라고!"

메시지 박스가 사라지자마자 히스테리적인 반응을 보이며 더욱더 심한 혼란에 사로잡혀가는 사람들.

욕설을 내뱉으며 여자를 핍박한 남자는 내게로 간절한 도움의 신호를 보내기도 했지만 나는 그것에 신경을 쓸 틈이 없었다.

〈게임이 시작됩니다.〉

새로운 글귀가 허공으로 새겨지며 '죽음의 게임' 이 시작되었음을 알려왔기 때문이었다.

"진정한 의미의 생존 미션이군."

무덤덤한 표정으로 상황을 확정지은 나는 산장 쪽으로 향했다.

기대감 어린 표정을 짓는 사람들.

설마 내가 뭔가라도 해주기를 바라는 건가?

아직까지도 적응하지 못하고 저런 반응들이라니…….

'…저래서는 모두 금방 죽겠군.'

가볍게 사람들의 사이를 지나친 나는 삐걱거리는 산장의 문을 열고 들어갔다.

어째서 게임 시작 후 5분이나 되는 유예시간이 주어졌는지에 대해 확인을 할 필요가 있기 때문이었다.

'정황상으로 보자면… 역시 산장 쪽에 뭔가 생존에 도움이 될 만한 물건들이 있다고 봐야겠지.'

산장의 내부는 바깥으로 보이는 모습만큼이나 낡고 지저분했으며 코앞조차 볼 수 없는 어둠으로 가득 채워져 있었다.

하지만 나는 그에 대한 걱정을 할 필요가 없었다.

"이래서 준 건가?"

주머니에 쑤셔 박아두었던 손전등을 떠올린 나는 전등을 꺼내어 버튼을 눌렀다.

딸칵-

순백색의 LED불빛이 환하게 산장 내부를 밝혔다.

"흐음…."

산장의 내부는 생각보다 훨씬 더 단출했다.

아무 것도 없는 빈 공간에 작업대로 추정되는 나무 테이블만이 덩그러니 놓여져 있었던 것이다.

테이블의 위에는 얼핏 보기에는 쓸모 없어 보이는 물건들이 어지럽게 늘어져 있다.

"…저건?"

물품들을 찬찬히 둘러보던 나는 이내 테이블의 가장자리 쪽에 위태롭게 걸려있는 다이어리를 발견하고는 시선을 고정시켰다.

먼지에 뒤덮이고 낡아있긴 했지만 검은색의 가죽 양장본에 끈으로 된 책갈피까지 달려있는 다이어리가 범상치 않아 보였던 것이다.

나는 다이어리를 집어 들어 대충 먼지를 털어낸 후 페이지를 열었다.

오래된 종이 특유의 퀴퀴한 냄새와 함께 그 속을 들여 보이는 누런색의 페이지들.

"……."

페이지들에는 빼곡한 글씨들과 그림들이 가득 들어차 있었는데, 각 장마다 다양한 종류의 괴물들을 기술한 그림과 글귀들이 알차게 내용을 채우고 있었다.

생전 처음 보는 괴물들부터 뱀파이어나 늑대인간 따위의 대중적인 괴물에 대한 것들까지 다양하고 자세하게 기술된 페이지들.

그곳에 담겨있는 내용은 다름 아닌 사냥법이었다.

괴물들의 이름이나 외형은 물론 서식지나 습성, 약점들까지도 자세히 기술한 괴물 사냥의 모든 정보가 그 낡은 다이어리에 담겨 있었던 것이다.

아마도 이 다이어리의 주인은 괴물이나 유령 따위를 사냥하는 퇴마사였는지도 모르겠다는 생각이 들었다.

"아차, 이럴 때가 아니지."

너무나도 자세히 기술된 내용에 잠시 정신이 빼앗기던 나는 이내 혀를 차며 빠르게 페이지를 넘겼다.

'벌써 1분쯤은 지났겠군.'

시간만 넉넉하다면 제대로 침대에 누워서 한번쯤 자세히 보고 싶은 내용의 다이어리였지만 안타깝게도 지금 내게는 그런 정도의 시간이 없었다.

이제 남은 시간은 고작해야 4분 정도.

'뭔가라도 찾아내야 해!'

파라라락-

조금은 다급한 마음으로 페이지를 넘기던 나는 이내 무언가를 발견할 수 있었다.

다이어리의 가장 뒤쪽 페이지에서 찢어진 흔적을 발견할 수 있었던 것이다.

그 뒤로는 아무 것도 기술되지 않은 빈 페이지만이 이어지고 있는 것으로 보아 찢겨진 페이지에 쓰여진 것이 아마 가장 최근에 기록된 내용일 터.

"이건…!"

절반이 찢겨진 페이지에 쓰여진 내용.

그것은 다름 아닌 일기였다.

'아니, 어쩌면 편지인지도.'

필자의 암담함이 그대로 느껴지는 듯 잔뜩 힘이 들어간 필체의 글귀를 보며 나는 저도 모르게 입을 다물었다.

『이 지옥 같은 곳에 갇히게 된지도 어느덧 사흘째다. 하느님 맙소사… 어째서 이런 일이 생긴 걸까? 서로의 등을 봐주며 싸워왔던 동료들은 이미 모두가 다 죽었다.

……나도 이제 곧 죽게 되겠지.

만약 이 장소를 만든 것이 어떠한 존재라면 그것은 반드시 잔혹한 악마일 것이다.

최소한의 아량이라도 있는 존재라면 이런 끔찍한 장소를 만들지는 않았을 테니까.』

그런 서두로 시작된 글귀는 암담한 절망이 가득한 내용으로 찢겨진 페이지의 반절 빼곡이 채우고 있었다.

『혹시나 후에 이 글에 보게 된 이가 있다면 미리 아는 편이 좋을 것이다. 쓸데없는 희망을 품으며 고통에 절어가는 것보다는 차라리 모든 것을 포기하고 깔끔하게 자살하는 편이 훨씬 나을 테니까.

이 지옥 같은 공간에서는 그 누구도 달아날 수 없다.

아무리 빠르게 달리고, 아무리 깊숙이 숨어도 결국에는 놈들의 영역 안에 있게 될 테니까.

놈들은 죽지도 지치지도 않는다.

그야말로 악몽 그 자체인 것이다.

하지만,

하지만 정말로 만약에라도 이에 대항하고자 하는 이가 있다면 이 점을 명심해라.

놈들도 결코 완벽한 존재는 아니라는 것을.

그 악마들은 인간이 내뿜는 이산화탄소를 추적하여 쫓아온다. 그러니 만약 놈과 가까운 거리에서 들키지 않았다면 숨을 참는 편이 좋을 것이다.

만약… 어떤 식으로든 달아날 수 없는 상황에 처했다면 놈들의 약점을 노려라. 죽일 수는 없지만 최소한의 시간을 버는 정도의 일은 할 수 있을 테니.

놈들의 약점은…….』

"후우…."

거기에서 딱 끊어져 있는 내용의 글귀.

하필이면 딱 약점을 알려주는 부분에서 끊겨있다니 참으로 공교롭다는 생각이 들었지만 나는 크게 실망하지는 않았다.

반 페이지에 담겨진 내용만으로도 꽤나 많은 정보를

습득할 수 있었기 때문이었다.

바로 그때였다.

[띠링! 생존의 단서를 습득하셨습니다.]

귓가로 여성의 기계음 같은 것이 울리며 눈앞으로 직사각형의 메시지 박스가 떠올랐다.

[생존 단서 1. 살인마는 이산화탄소를 추적할 수 있다. 숨을 참는 방법으로 그들의 추적을 피할 수 있을 것이다.]

페이지에 담겨있던 내용 중 가장 확정적인 내용이 메시지 박스에 담겨져 있었다.

"이것보다는 더 많은 내용이 담겨 있었지만."

낮게 혀를 차며 나는 다시금 획득한 정보를 정리했다.

메시지 박스에 담긴 내용 외에도 마지막 페이지의 글귀에는 분명 쓸 만한 정보들이 담겨져 있었다.

'예를 들자면… 살인마가 하나가 아닐 수도 있다는 점이지.'

글귀를 적은 화자는 분명 살인마로 추정되는 존재를 '놈들' 이라고 칭하고 있었다.

'그리고 달아날 방법이 없다는 점.'

이 말은 우리들이 감옥과 같은 제한적인 공간에 있다는 것을 뜻한다.

'마지막으로… 약점!'

안타깝게도 중요한 부분에서 페이지가 찢겨져 있었기에 살인마의 약점이 정확히 무엇인지는 알 수 없었지만 적어도 한 가지 사실은 알 수 있었다.

"최소한 놈들에게 약점이 존재한다는 점이지."

나지막이 중얼대며 나는 다이어리의 페이지들을 한 번 더 훑어본 뒤 시간을 가늠했다.

'이제 남은 시간은 대략 2분 쯤. 테이블에 있는 물품 중에 딱히 쓸모가 있어 보이는 건 없군.'

빛을 밝힐 수 있는 램프가 나름대로의 잇 아이템이라면 아이템이었지만 이미 LED손전등이 있는 나에게는 그다지 쓸모가 없는 물품이었다.

"슬슬 움직이는 편이 좋겠어."

더 이상 건져낼 것이 없음을 확신한 나는 망설임 없이 손전등을 끄고 밖으로 나갔다.

바깥에는 여전히 이러지도 저러지도 못한 채 허둥대고 있는 사람들이 있었다.

스스로의 목숨이 걸린 일인데 어째서 저렇게 무력할 수가 있는 걸까? 참으로 한심한 일이었다.

'…어차피 내가 상관할 바는 아니지만.'

나는 산장에 들어갈 때처럼 매몰차게 사람들을 지나쳐서

숲 쪽을 향해 발걸음을 옮겼다.

살인마들이 어떤 모습으로 어떻게 나타날지는 모르겠지만 적어도 이렇게 훤히 드러나 보이는 곳에 서있는 것보다는 나무나 덤불, 바위 등 은폐할 곳이 많은 숲속으로 들어가는 편이 생존 가능성을 높이는 일일 것이다.

'은폐물이 많으면서도 움직임에 제약이 덜한 곳. 그런 장소를 선점해야 한다.'

생존 계획을 점검하며 점차 빨라지는 발걸음을 기민하게 옮겨가고 있을 때였다.

"저, 저기! 잠시만요!"

다급한 여성의 목소리와 함께 가느다란 손이 옷자락을 붙잡아 왔다.

"......?"

무심코 고개를 돌리자 삶에 대한 의지로 가득히 배어있는 여자의 얼굴이 보인다. 여자는 금방이라도 울 것 같은 눈동자로 올려다보며 말했다.

"…저, 저희도 데려가주시면 안 될까요? 제발…."

처절할 정도로 간절하게 매달려온다. 힐끗 시선을 들어 뒤쪽을 바라보니 남은 두 남자들은 이쪽의 대화에 은근 귀를 기울이고 있는 분위기.

"......."

나는 별다른 대답 없이 무심한 표정으로 울먹거리는 여자의 얼굴을 응시했다.

그런 나의 반응이 잠정적인 거부라고 생각했던 것일까?

여자는 다급히 말을 바꾸며 더 간절히 매달려 왔다.

"전부가 안 되면 저 혼자만이라도 좋아요! 제발 데려가 주세요! 저 뭐든지 할 수 있어요. 네? 데려가 주시기만 하면 뭐든지 할게요. 저 예쁘잖아요? 게다가 저 몸매도 좋고 그 거도 잘할 수 있어요. 노예가 되라면 노예가 될게요. 그러니까… 제발… 제발…!"

"…허!"

툭 건드리기만 해도 대성통곡을 할 것만 같이 처절한 애원이었지만 나는 저도 모르게 실소를 머금고 말았다.

'…이 정도까지 할 줄이야.'

아무리 그래도 설마 대놓고 자신의 몸을 상품화하며 노예까지 자처할 줄은 몰랐기 때문이다.

이 여자는 자존심도 없는 건가?

'아니, 자존심 따위보다는 자신의 목숨과 안위가 더 중요한 거겠지.'

간절한 표정으로 나의 동태에 온 정신을 집중하고 있는 여인의 모습에 나는 찰나의 시간을 쪼개어 생각에 잠겼다.

그녀의 제안은 의외로 꽤나 구미가 당기는 것이었으니까.

나는 여자를 안는 것을 좋아하는 편이며, 눈앞의 여자는 객관적으로도 주관적으로도 상당한 미녀였으며 상당한 색기마저 머금고 있었다.

남자의 입장에서는 저절로 아랫도리에 힘이 들어갈 법한 여자라는 이야기다.

잠시 뜸을 들이던 나는 여자를 보며 말했다.

"이름은?"

"…예?"

"이름은?"

"아! 이, 이름이요? 이름은 승희에요. 김승희. 나이는 22살이고… 전에는… 노, 노래방에 다녔었어요. 그, 그리고……."

마치 대기업 면접 자리에 오기라도 한 것처럼 더듬거리면서도 시키지 않은 이야기까지 술술 털어놓는 승희.

잠자코 듣던 나는 계속해서 이어지는 그녀의 말을 자르며 퉁명스럽게 말했다.

"무기는?"

"…네?"

이번에도 한번에 질문을 이해하지 못하고 얼빠진 표정을 짓는 승희의 모습에 나는 친절하게 다시 물었다.

"그쪽 무기는 어디 있냐고요? 설마하니 무기가 없다고 하지는 않겠죠?"

설마하니 그걸 어딘가 에다가 버렸다던가 하는 소리를 하는 건 아니겠지? 겉보기에는 맨손처럼 보이기는 하는데…….

"아 그거라면…."

다행히 그 정도까지 막장은 아닌 듯 승희는 품을 뒤지는가 싶더니 이내 자신의 무기를 꺼내어 들었다.

"…단검?"

그녀의 무기는 다름 아닌 단검이었다.

검신부터 손잡이까지의 길이를 모두 합쳐도 기껏해야 40센티 정도가 될까 말까한 앙증맞은 크기의 무기.

'하하, 정말 가관이네.'

아까 전 광장에서의 경우를 봐서도 알겠지만 나처럼 특수한 기술이라도 갖추고 있지 않다면 단검은 정말이지 최악의 무기라고 할 수 있었다.

헌데 그걸 지금 겁에 질려 아무것도 못하는 여자가 골랐다고?

"푸하하하!"

나는 진심으로 폭소를 터뜨렸다.

"…에?"

그런 나의 반응을 전혀 예상치 못한 듯 바보 같은 표정을 짓는 승희. 하지만 그런 와중에도 본능적으로 나의 눈치를 살피며 어색한 웃음을 함께 지어보이는 그녀의 모습에 나는 짙은 미소를 머금으며 말했다.

"잘 됐네요."

"하… 하하… 그, 그런가요?"

"네. 잘 됐어요. 그러니까… 이제 그 단검으로 자살해요."

"……예?"

방금 전까지만 해도 어색한 미소를 지어보이며 애걸하는 표정을 짓고 있던 그녀의 얼굴이 형편없이 일그러진다. 하지만 그녀가 그러건 말건 나는 묵묵히 말을 이었다.

"곧 있으면 찾아올 살인마에게 잡혀서 잔인하게 죽는 것보다는 차라리 스스로 목숨을 끊는 게 나을 테니까요."

거기까지 말한 나는 불쾌한 표정으로 이쪽을 노려보고 있는 두 남자 쪽을 보며 조금 더 큰 목소리로 말했다.

"그쪽도 알아두는 게 좋을 겁니다. 만약 살고 싶다면 어설픈 마음가짐 따위는 버려요. 이건 정말로 스스로의 목숨이 걸려있는 생존 게임이니까."

"……."

"……."

나의 조언에도 두 남자들은 그저 나를 노려볼 뿐이었다.

이런 상황임에도 그저 자존심만 올라서는… 쯧쯧.

"한 가지는 알려드리죠. 살인마는 이산화탄소를 추적합니다. 그러니까 놈들이 근처까지 다가왔다면 숨을 참으세요. 그러면 발각되지 않을지도 모르니까."

거기까지 말한 뒤 나는 미련 없이 돌아서며 숲속으로 향했다. 이 정도면 그래도 내가 할 수 있는 최대한의 아량은 발휘해준 셈이니까.

숲속으로 들어선 나는 금세 주변의 어둠과 동화하며 녹아들기 시작했다.

그것은 호흡부터 기척까지 모든 것을 완벽하게 주변과 동화시키는 꽤나 고급의 기술이었지만, 나에게는 숨을 쉬는 것만큼이나 자연스러운 기술이었다.

그렇게 완전한 '은신' 을 한 나는 최적의 도주로를 만들어둔 뒤 다시 산장 쪽으로 돌아와 소리 없이 근처의 나무로 기어 올라갔다.

이제 와서 남겨둔 사람들이 걱정 되서 라던가 하는 물렁한 이유 때문은 아니었다.

'이제 곧이니까.'

이제 불과 10초 뒤면 생존자들에게 주어진 유예기간이 끝난다. 살인마들이 본격적으로 활동을 하게 된다는 뜻이다.

'기왕이면 정보는 많은 편이 좋으니까.'

그랬다. 나는 지금 남아있는 사람들을 실험쥐로 사용하여 얻을 수 있는 최대한의 정보를 얻어낼 셈이었다.

다행히도 남은 이들은 아직까지도 산장 쪽에서 쓸데없는 실랑이나 하고 있는 중이니까 말이다.

"후우우…."

가볍게 심호흡을 하고 눈을 감으며 청각에 집중하자 멀리 떨어져 있는 세 사람의 대화가 희미하게나마 들려온다.

애원하고 있는 여자와 그것을 창녀라는 말로 거절하며 모욕을 주는 남자들. 하지만 그런 와중에도 남자들은 쉬이 여자를 떠나지 못한 채 탐욕어린 눈을 빛내고 있었다.

그런 사이에도 시간은 하염없이 줄어들었다.

그리고…….

"시간이군."

마침내 살인마의 시간이 찾아왔다.

사아아아아악-

"!"

카운트가 0을 가리키자마자 곧장 찾아드는 싸늘한 기운에 나는 소름이 돋는 것을 느꼈다.

분명 똑같은 장소에 있음에도 불구하고 아예 다른 세상에 들어서기라도 한 것처럼 이질적으로 변한 공기가 섬뜩하면서도 무겁게 내려앉고 있었기 때문이었다.

"자, 잠깐만! 둘 다 조용해봐요."

셋 중 이변을 가장 처음 느낀 것은 흑인 남자였다. 그는 어깨를 부르르 떨며 주변을 불안한 표정으로 돌아보았다.

"왜… 왜 그래요? 히익! 뭐, 뭔가 있는 건가요?"

승희는 숫제 울 것 같은 얼굴로 겁에 질려 온 몸을 바들바들 떨고 있었다.

그런 그녀의 모습에 수컷으로써의 본능이라도 느낀 것일까? 백인 남자가 가슴을 내밀며 거만하게 말했다.

"있긴 뭐가 있어? 그리고 있더라도 이 도끼만 있으면 아주 그냥 쪼개버릴 수 있다고!"

바로 그때였다.

좌르르르륵……!

쇠사슬이 스치는 것 같은 소리가 무겁게 내려앉은 공기를 가르며 울려 퍼진 것은.

그리고…….

"그러니까 모두들 나만 믿으……."

푸각–

남자가 말을 잇기도 전에 섬뜩한 피륙음이 울렸다. 그와 동시에 모습을 드러낸 것은 어느새 그의 어깨를 꿰뚫고 깊게 박혀들어 있는 핏빛의 갈고리.

"……아?"

뒤늦게서야 그의 시선이 자신의 어깨로 향했다.

서서히 일그러져가는 표정. 끔찍할 정도로 선명하게 차오르는 고통에 남자는 입을 쩌억 벌리며 소리를 지르려고 했다.

하지만,

"끄으악! 아아아아!"

남자는 시원하게 비명을 지르지도 못한 채 균형을 잃고 바닥으로 무참히 나동그라졌다.

그런 남자의 몸이 자신의 의지와는 무관하게 어둠에 가리워진 숲속을 향해 빠르게 딸려 들어갔다.

그리고… 다음 순간이었다.

"히이익!? 아, 안 돼! 살려… 끄, 끄아아아악–!"

처절하게 울려 퍼지는 비명.

푸각! 푹!

콰지익-!

동시에 뼈와 살점이 해체되는 것만 같은 섬뜩한 사운드가 무엇보다 선명하게 울려 퍼졌다.

흑인 남자와 승희는 아무 것도 못한 채 굳어져서 바들바들 떨기만 하고 있는 상태.

그런… 두 사람의 앞으로 살인마가 모습을 드러냈다.

"쉬이익… 쉬익…."

숨이 막혀올 정도로 고요하게 내려앉은 공기를 거북한 숨소리로 가로지르면서.

'왜 굳이 살인마라고 칭했는지 알 것 같군.'

마침내 모습을 드러낸 살인마의 모습에 나는 그저 그런 답을 내릴 수밖에 없었다.

왜냐하면… 눈앞에 드러난 존재의 모습이 정말로 살인마 그 자체의 형태를 취하고 있었기 때문이었다.

2미터는 훌쩍 넘겨 보이는 위협적인 덩치에 공사장 인부의 작업복처럼 보이는 멜빵 방식의 상하의 일체형 복장.

드러나 있는 상체는 아무 것도 입지 않은 맨살을 드러내고 있었는데, 그 색깔이 마치 시체의 그것과도 같은 회색빛을 띠고 있었다.

하지만 그와는 반대로 우람한 팔뚝은 스테로이드를 과다 복용 한 것처럼 터질 듯한 근육으로 이루어져 있었으며, 피부 곳곳에 흉측한 상처들이 가득했다.

얼굴에는 가면 같은 것을 뒤집어쓰고 있었는데, 자세히 보면 사람의 얼굴을 뜯어낸 것이라는 걸 알 수 있었다.

오른손에는 그 덩치에 어울리는 크기를 지닌 대형의 정글도를 쥐고 있었으며, 왼쪽 어깨에는 쇠사슬이 둥글게 말린 채로 있었는데, 그 끝에 연결된 갈고리를 왼쪽 팔뚝 위로 박아두고 있었다.

헐리우드 살인마 영화에 나오는 모든 클리셰를 총집합시킨 것만 같은 모습.

"쉬이익… 쉬익…."

호흡기관이 다 타버리기라도 한 것처럼 힘겨운 숨소리와 함께 걸음을 옮기는 살인마의 모습은 부자연스러운 것처럼 보이면서도 위협적으로 보였다.

뚝, 뚝, 뚝…

아래로 늘어뜨린 정글도로부터 끈적한 핏물이 방울지며 떨어져 내린다.

"히익! 가, 가까이 오지 마!"

성큼성큼 다가오는 살인마의 모습에 흑인 남자는 발작적으로 외치며 손에 들린 검을 휘둘러 보였다. 하지만 살인마는 일말의 머뭇거림도 없이 거리를 좁혀간다.

"이, 이 괴물이!"

아무렇게나 검을 휘둘러대던 흑인 남자는 살인마가 범위로 다가오자 오히려 겁을 먹으며 검을 회수하는가 싶더니 이내 울부짖듯 외치며 검을 힘껏 찔러 넣었다.

푸우욱-

생각보다 너무나도 쉽게 박혀들어 간 검신.

투박한 검신의 절반 이상이 살인마의 복부로 파고들어가 있었다.

제대로 된 급소라고 보기는 어렵지만 보통의 인간이라면 분명 치명상을 입었다고 해도 좋을 만큼 깊은 상처.

"……어?"

흑인 남자는 자신이 찔러놓고 오히려 놀란 기색으로 얼빠진 표정을 짓는가 싶더니 멍청하게도 검을 놓아버리고 말았다. 그리고는 버벅거리며 뒷걸음질을 치다가 발을 헛디뎌 엉덩방아를 찧으며 넘어지고 만다.

"쉬이익…."

살인마는 특유의 숨소리와 함께 자신의 복부에 틀어박힌 검을 내려다보았다. 그리고 묵묵히 손을 내려 검신을 붙잡는가 싶더니 아무렇게나 뽑아버렸다.

푸그윽…

살점과 함께 검신이 딸려 나오며 검게 죽은 핏물이 응고된 채로 후두둑 떨어져 내린다.

아무리 봐도 정상적인 인간의 것처럼 보이지는 않는 모습.

"히, 히이익!?"

그 비현실적인 모습에 흑인 남자는 넘어진 채 일어날 생각도 하지 못한 채 겁에 질린 신음을 토했다.

"쉬이익… 슈욱…."

살인마는 흑인 남자에게로 한 걸음 다가서더니 손을 뻗어 흑인 남자의 어깨를 붙잡아 일으켰다.

"아아아악!"

악력만으로 들어 올리는 손길에 흑인 남자는 허공에 떠서 다리를 버둥거리며 비명을 질러대기 시작했다.

하지만 비명은 그리 오래 가지 못했다.

푸우욱!

"꺼헉!"

살인마의 정글도가 흑인 남자의 복부로 깊숙이 박혀 들어갔기 때문이었다. 마치 복수라도 하는 것처럼 자신이 당했던 위치와 똑같은 부분이었다.

"어헉! 꺼흑! 꺽! 꺼흐윽!"

제대로 비명을 지르지도 못한 채 억눌린 신음만을 토하는 흑인 남자.

살인마는 어떠한 감정 표현도 없이 박아 넣은 정글도를 서서히 아래로 내렸다.

그리고 이내,

푸화하아악-!

정글도가 복부부터 가랑이까지를 갈라내며 다량의 핏물과

함께 내장기관들이 주루룩 흘러내렸다.

그것을 끝으로 흑인 남자의 숨은 이미 끊어진 상태.

"꺄아아아아악!"

눈앞에서 벌어진 끔찍한 장면에 승희는 눈물범벅이 된 채로 서있던 자리에서 그대로 주저앉아 버렸다. 그녀가 주저앉은 바닥으로는 지릿한 악취를 풍기는 액체가 점차 고여 들고 있었다.

오줌을 지린 것이다.

아무리 아름다운 여자의 모습을 하고 있더라도 그런 모습까지 보면 인상을 찌푸릴 법도 하건만 살인마는 역시나 어떤 감정표현도 없이 승희를 쳐다보기만 할 뿐이었다.

"히흐윽… 히끅!"

단지 그것만으로도 승희는 극도의 공포감에 사로잡힌 채 숨조차 제대로 쉬지 못하고 있었다. 그리고 그런 승희에게로 살인마의 커다란 손아귀가 뻗어졌다.

터업!

손바닥을 펼치는 것만으로도 승희의 얼굴 전체를 뒤덮는 상처투성이의 투박한 손길.

"흐으으읍!"

살인마에게 잡힌 승희는 발작적으로 비명을 질렀지만 입술을 막은 손바닥에 억눌린 소음만이 새어나온다.

이제 곧 어떤 방식으로든 살인마의 잔혹한 손길이 그녀를 끝장내게 될 터.

'…음!?'

하지만 그런 나의 예상과는 달리 살인마는 머리를 붙잡아 일으켜 세운 승희를 품평이라도 하는 것처럼 여기저기 둘러보는가 싶더니 이내 어깨 위로 들쳐 없었다.

'죽이지 않는 건가?'

나는 흥미로운 시선으로 나무 위에 숨어 살인마의 행태를 응시했다.

바로 그때.

"쉬이익…."

살인마의 시선이 내가 있는 나무쪽으로 향했다.

그러나 그것도 잠시.

살인마는 이내 버둥거리는 승희를 어깨에 걸친 채로 나타났던 숲속을 향해 걸어갔다. 놈의 관심이 이쪽으로 향하자마자 곧장 숨을 멈추었기 때문이었다.

'이산화탄소를 추적한다는 것은 확연한 사실인 듯 하군.'

나는 살인마가 사라지고 나서도 잠시 뜸을 들이다가 소리 없이 아래로 내려가 무참히 갈라진 흑인 남자의 시체가 남겨져 있는 공터로 향했다.

"……."

신체의 절반이 갈라져 죽은 흑인 남자의 시체잔해는 과연 끔찍했다. 하지만 수없이 많은 사지를 다녀본 나에게 있어서 그리 대단한 수준의 모습은 아니었다.

"놈의 힘이 보통이 아니라는 건 알겠군."

아예 처음부터 베어낸 것도 아니고 정글도를 박아 넣은 상태에서 오로지 팔힘 만으로 인간의 살점과 근육, 뼈까지 한꺼번에 절단해낸 셈이니…….

"그나저나 이건 가져가도 되는 건가?"

나는 바닥이 버려진 흑인 남자의 롱소드와 승희의 단검을 집어 들었다.

생존을 해야 하는 입장에서 쓸데없는 짐이 느는 건 피하는 편이 좋았지만 롱소드나 단검의 경우에는 어떤 방식으로든 쓸데가 있을 것 같았다.

나는 단검으로 흑인 남자가 입었던 옷을 잘라내어 끈의 형태로 꼬았다. 그리고는 단검과 롱소드를 등과 허리춤으로 묶어서 장비한다.

"이런 걸 득템이라고 하는 거겠지."

늘어난 무기만큼이나 든든함이 조금은 더해진 것 같은 기분을 느낀 나는 신체에 늘어난 이질감이 완전히 익숙해질 때까지 몸을 이리저리 움직여보다가 곧 익숙해지고는 살인마가 사라진 방향을 쳐다보았다.

마지막에 보인 놈의 이상행동을 확인할 필요가 있다고 생각했기 때문이었다.

남자 두 명은 잔인하게 죽인 주제에 여자는 생채기 하나 없이 그냥 끌고 간다고?

'설마 여자는 죽이지 않고 살려두는 건가?'

문득 그런 생각이 떠올랐지만 이내 그럴 리는 없다는 생각이 들었다. 여태까지의 경우만 보아도 밀려오는 지옥이 성별을 가려서 찾아드는 것처럼 보이지는 않았으니까.

"확인해보는 편이 좋겠어."

결론을 내린 나는 감각을 극도로 끌어올려 사소한 기척이라도 놓치지 않기 위해 주의하며 살인마가 사라져간 숲속으로 녹아들었다.

"…흐음?"

숲속으로 들어간 지 얼마 되지 않아 나는 피웅덩이의 흔적을 발견할 수 있었다.

갈고리에 끌려간 백인 남자의 시체가 남긴 흔적일 터.

하지만 어디를 둘러보아도 백인 남자의 시체는 보이지 않았다.

남겨져 있는 거라고는 고여 있는 피 웅덩이와 무언가가 끌려간 듯한 길게 늘어뜨려지며 이어진 핏물의 흔적들뿐.

굳이 추적술을 사용할 필요도 없이 노골적으로 남겨져 있는 핏물의 흔적.

살인마는 백인 남자의 시체를 끌고 간 것이 틀림없었다.

'남겨진 흔적들로 보면….'

바닥에 널부러진 시체를 그대로 질질 끌고 간 것 같은 모습.

숲속 가득 내려앉은 어둠 때문에 자세히 알 수는 없었지만 여기저기 패여진 풀들이나 끌리 듯 이어진 핏물의 흔적으로 보아 살인마는 아마도 갈고리를 이용해 백인 남자의 시체를 가져간 것처럼 보였다.

마치 따라올 테면 따라와 보라는 듯 노골적으로 남겨진 흔적에 나는 잠시 뜸을 들이다가 결국 흔적을 따라가 보기로 했다.

쫓는데 어려움은 없었다. 핏자국은 어느 순간부터 희미하게 끊어지고 있었지만 그것이 아니더라도 남겨진 흔적들은 많았기 때문이었다.

그렇게 추적하기를 10여 분이 지났을까?

기척을 죽이고 없는 듯 이동해야만 했기에 생각보다 더 시간이 걸릴 수밖에 없었던 나는 산장으로부터 그리 멀리 떨어지지 않은 장소에서 살인마의 모습을 다시 볼 수 있었다.

"쉬이익… 슈욱…."

이미 다 불타버린 듯 시커먼 뼈대만이 남아있는 통나무집의 안에서 무언가에 열중하고 있었던 것이다.

살인마는 커다란 식칼을 들고서 작업대 위에 놓여진 무언가를 썰어대고 있었는데, 자세히 보니 사라진 백인 남자의 시체였다.

옆에 웅크린 채 떨고 있는 승희의 모습 따위는 아랑곳하지 않고서 오로지 해체작업에만 열중하고 있는 살인마.

하지만 승희는 도망은커녕 눈을 뜰 생각조차 못한 채 귀를 틀어막고 덜덜 떨고만 있었다.

'아직까지도 죽이지 않았다니… 근데 대체 저 시체는 왜 해체하는 거지?'

기척을 숨기고 호흡마저 멈춘 채 나는 살인마의 통나무집을 지나쳐 반대편의 위치로 이동했다. 살인마의 등짝만이 비추어지는 위치에서 작업대 쪽이 잘 보이도록 자리를 움직인 것이다.

그리고… 옮겨간 자리에서 나는 살인마가 무엇을 하고 있는지 그제야 확연히 알아차릴 수 있었다.

'전리품 수거인가.'

살인마는 정성들여서 백인남자의 팔 다리를 자리고 손가락 하나하나를 자르고 있었다.

잘려진 손가락들은 각기 다른 손가락들이 담긴 커다란 유리항아리 속으로 직행하고 있었으며, 잘려진 팔 다리는 작업대의 옆에 걸려진 갈고리들이 하나씩 걸리고 있었다.

유리 항아리들이 담긴 전리품의 형태를 보면 이제 다음 단계는 백인 남자의 이빨들을 뽑고 눈알까지 적출하겠지.

'정말로 끔찍한 취미로군 그래.'

나는 미간을 찌푸리면서도 담담한 감상을 머금었다.

내가 킬러 일을 하면서 죽인 녀석들 중에는 미치광이 연쇄 살인마들도 있었고, 그런 녀석들 중에는 저것보다 더 괴상한 취미를 가진 녀석들도 많았기 때문이었다.

"슈우우욱…!"

차근차근 백인 남자의 시체를 해체하여 머리가 매달린 몸통만을 남겨둔 살인마가 돌연 흥분된 숨소리를 토해냈다. 그리고는 푸줏간 칼과 같은 식칼을 내려놓고 날카로운 단도를 꺼내어 드는 것이다.

"히익!?"

살인마의 숨소리에 무심코 감았던 눈을 뜨고만 승희는 그대로 굳어버리고 말았다.

살인마가 백인 남자의 얼굴 피부를 잘라내어 뜯어내고 있었기 때문이었다.

"쉬이익…!"

동그랗게 잘라낸 백인 남자의 얼굴 피부를 만족스러운 시선으로 쳐다본 살인마는 여태까지 뒤집어쓰고 있던 가면을 뜯어내어 바닥에 아무렇게나 던져버렸다.

그리고 살인마는 아직 피가 뚝뚝 흐르는 백인 남자의 얼굴 피부를 잔뜩 뭉개져 있는 것처럼 보이는 얼굴 위로 뒤집어쓰고는 타카(일종의 대형 스테이플러)를 집어 들었다.

투콱, 투콱, 투콱-

일말의 망설임도 없이 자신의 얼굴 위로 타카심을 박아넣는 살인마. 그것만으로 백인 남자의 얼굴 피부는 살인마의 얼굴로 단단히 고정되었다.

살인마의 새로운 얼굴이 된 것이다.

"쉬익… 쉬이익…!"

얼굴 피부를 고정시킨 살인마는 바뀐 얼굴을 이리저리 만져보는가 싶더니 이내 만족스러운 숨소리를 내며 기뻐하는 기색이었다.

"히이익… 제발… 제발…!"

바뀐 얼굴로 자신을 내려다보는 살인마의 모습에서 이제 자신의 순서임을 눈치 챈 것일까? 승희는 눈물로 범벅이 된 얼굴로 애원했다.

그러나 살인마는 여전히 그녀에게로 어떠한 감정표현도 보여주지 않았다. 대신 살인마는 손을 뻗어 그녀의 머리칼을 강하게 움켜쥐었다.

"아아아악!"

머리거죽이 통째로 뜯겨나가는 듯한 통증에 승희는 고통에 찬 비명을 터뜨렸다.

그러나 살인마는 조금의 머뭇거림도 없이 승희를 통나무집 뒤쪽의 공터로 질질 끌고 가는가 싶더니 십자가처럼 생긴 나무판 위로 그녀를 매달아 묶기 시작했다.

수술대의 그것처럼 양 손목과 양 발목을 나무판 위로 결박하고 마지막으로 목까지 단단하게 결박한다.

'저건….'

나는 고개를 갸웃하며 살인마의 행동을 주시했다.

백인 남자의 시체에다가 행한 것처럼 승희 역시도 칼이라도 들이댈 줄 알았는데, 단지 나무판 위로 단단히 묶는 것을 끝으로 미련 없이 물러났기 때문이었다.

'정말로 여자는 죽이지 않는 건가?'

그렇게 밖에는 생각할 수 없었다. 앞의 두 남자에게 행한 것과 비하면 승희에게는 정말로 신사적이라고 밖에는 할 수 없을 만큼 아무 짓도 한 일이 없었기 때문이었다.

하지만… 얼마 지나지 않아 나는 내 생각이 잘못 되었음을 깨달을 수 있었다.

쉬이이이익-!

살인마가 완전히 물러서자 승희가 매달린 제단의 아래로부터 돌연 시커먼 연기가 피어오르기 시작했기 때문이었다.

"히, 히이이익!?"

겁에 질리다 못해 아예 실성한 표정으로 버둥거리는 승희.

하지만 단단히 고정된 결박은 그녀에게 일말의 움직임도 허락하지 않았다. 그러는 사이 연기는 아래부터 빙글빙글 돌며 빠르게 승희의 몸을 집어삼키고 있었다.

그리고… 시커먼 연기가 마침내 승희의 허리 아래까지를 모두 집어삼켰을 때였다.

[킥킥킥킥.]

나의 귓가에도 선명히 들릴 정도로 이질적인 느낌의 웃음소리가 주변을 가득 울렸다.

단지 듣는 것만으로도 섬 한 기운에 소름이 돋을 것만 같은 사악한 웃음소리.

그리고 다음 순간.

"꺄아아아악!"

시커먼 연기 속으로부터 날카로운 가시 촉수들이 튀어나왔다.

인간의 피부 따위는 가볍게 찢어발길 수 있을 것처럼 보이는 날카로운 가시 촉수들.

"슈우욱…."

개구리를 앞에 둔 뱀처럼 연기의 밖에 드러난 승희의 상체 주변을 이리저리 오가는 가시촉수들의 모습에 고개를 숙이며 기도를 하는 것 같은 자세를 취하는 살인마.

그것을 끝으로 살인마는 미련 없이 등을 돌려서 자리를 벗어났다.

작업대 위에 올려두었던 정글도를 다시금 집어 들며 새로운 사냥감을 찾아서 떠나는 것이다.

놈이 움직이는 순간 곧바로 숨을 참았기 때문인지 살인마는 바로 내 근처를 지나가면서도 나에 대해서 알아채지 못 했다.

탁!

"흐음…."

살인마가 완전히 사라지고 나서야 나는 나무 아래로 소리 없이 뛰어내렸다. 그리고는 승희가 매달린 나무판을 응시했다.

"꺄아아악! 안 돼! 제발! 제발 누가 좀…!"

시시각각 얼굴로 다가오는 가시촉수들의 모습에 승희는 쉴 새 없이 고개를 좌우로 흔들고 온 몸을 버둥거렸지만 그것은 결국 쓸모없는 저항일 뿐이었다.

그런 승희의 모습에 더 이상의 뜸을 들이는 것은 시간 낭비라고 생각했던 것일까?

간을 보며 꿈틀거리고만 있던 가시 촉수들이 일순 모두 움직임을 멈추며 가시들을 승희 쪽으로 향했다.

"아, 안 돼… 안… 꺄아아아악-!"

족히 십 수개는 되어 보이는 가시 촉수들이 일제히 승희의 상체 곳곳으로 박혀들었다.

푹푹, 푹푸부북-

푸콰칵-

"끼아아아아악-!"

입을 쩌억 벌린 채 끔찍한 고통의 비명을 터뜨리는 승희.

하지만 그런 와중에도 승희는 숨통이 끊어지지 않고 있었다.

뭔가의 힘이 그녀의 생명력을 높이기라도 한 것처럼 고통은 그대로 느끼면서도 정신은 멀쩡하게 유지되는 끔찍한 상황이 계속해서 이어지고 있었던 것이다.

하지만,

그것도 얼마 지나지 않아 끝을 맺고 말았다.

"꺼허윽! 꺽! 끄흐흑! 컥! 꺼흐으윽!"

비명을 내지르던 승희가 돌연 간질이라도 걸린 것처럼

부들부들 떠는가 싶더니 연신 억눌린 신음을 토하기 시작했기 때문이다.

스스스스-

그와 동시에 승희의 피부가 급속도로 말라붙어가기 시작했다. 순식간에 미이라처럼 빠싹 말라붙으면서도 오래된 시체의 그것처럼 시커먼 피부색으로 변해가는 승희.

"꺼허어어…."

얼마 지나지 않아 승희는 마지막 신음만 남긴 채로 그대로 해골만이 남겨졌다.

검은색의 연기는 그것을 끝으로 가시촉수들을 모두 회수하는가 싶더니 이내 반쯤 남기고 있던 승희의 몸을 한꺼번에 집어삼켰다.

잠시 소용돌이치던 연기는 이내 어둠 속으로 녹아들며 언제 그랬냐는 듯이 깨끗이 사라져 버렸다.

그리고… 그것을 끝으로 승희의 모습 역시도 희미한 흔적만을 제외하고는 모두 사라져 버리고 말았다.

푸스스스스…!

먼지가 되어 흩어지는 뼛가루의 흔적 말이다.

❖

"……."

승희의 최후를 마지막으로 살인마의 거처를 떠난 나는

숲속에 녹아 든 채로 생각에 잠겨 있었다.

'제단이라는 게… 아까 그곳을 말하는 건가?'

메시지 박스에 나왔던 조언에는 분명 피로 물든 눈동자 조각을 찾아서 제단으로 가라고 적혀 있었다.

그것을 행함으로 인해 어떤 이득을 얻게 될지는 알 수 없었지만…….

'어떤 방식으로든 도움이 될 가능성이 크지.'

그런 의미에서 제단으로 추정되는 장소를 발견했다는 것은 꽤나 큰 쾌거라고 할 수 있었다.

"이것도 확실한 건 아니지만… 어쨌든 지금은 피로 물든 눈동자 조각인가 하는 걸 찾아보는 게 좋겠군."

그렇게 결론을 내린 나는 기척을 죽인 채로 숲속을 지나치며 천천히 이동하기 시작했다.

혹시나 어딘가에 버려져 있을지 모르는 눈동자 조각을 찾기 위해 온 정신을 집중해가면서.

탐색을 시작한지도 어느덧 1시간 째.

"…조금 덥네."

나는 어떠한 발견을 하지도, 어떠한 위기 상황에 처하지도 않은 채로 어두운 숲속을 누비고 있었다.

살인마가 사라져갔던 반대 방향을 택해서 움직였다고는

해도 이렇게까지 무난하게 시간이 흘러가리라고는 미처 생각지 못 했었는데…….

'뭐하러 이 고생을 자처하고 있는지 모르겠군. 그냥 평범하게 움직일까?'

1시간이 지났지만 사실 내가 이동한 거리는 그리 많지 않았다. 감각을 한계까지 끌어올리며 주변의 모든 기척들에 집중하며 눈동자 조각에 대한 흔적을 찾기 위해 노력한 결과였다.

'평범하게 이동을 했더라면 지금의 3배는 더 이동했을 텐데 말이지.'

하지만 나는 이내 고개를 흔들었다.

그 동안의 경험으로 보건데 딱 이런 생각이 들 때쯤에 위기가 찾아올 가능성이 높다는 것을 알고 있기 때문이었다.

"…하지만 그렇다 쳐도 확실히 너무 조용하긴 하네."

살인마가 돌아다니는 숲속에서 들리는 거라고는 이따금씩 들리는 부엉이 소리와 풀벌레들의 소리뿐이라니…….

분위기를 논한다면 그것만으로도 충분히 공포스러운 느낌은 주고 있다고 할만 했지만 잔뜩 긴장하며 움직이고 있는 이쪽의 입장에서는 자꾸만 긴장이 풀리는 게 사실이었다.

바로 그때였다.

"아아악!"

돌연 울려 퍼지는 비명소리.

고요하던 숲속을 가르며 선명히 울려 퍼지는 고통스런 남자의 비명성에 나는 망설이지 않고 소리의 진원지로 움직였다.

타닥-

나무와 나무 사이를 오가며 소리의 진원지로 들어서자 나는 자그마치 1시간 반 만에 새로운 사람들의 모습을 볼 수 있었다.

역시 광장 쪽에서 스치면서나마 한 번씩은 본 것 같은 얼굴들.

4명으로 이루어진 사람들은 2남 2녀의 성별을 이루고 있었는데, 그 중 붉은색의 머리칼을 지닌 남자가 허벅지에 화살이 박힌 채로 주저앉아 고통에 신음하고 있었다.

"일어나! 그러고 있다간 다 죽는다고!"

"그래요. 얼른 여기를 벗어나야 해요!"

쓰러진 남자를 독려하면서도 각자의 무기를 높이 든 채로 주변을 날카롭게 쳐다보는 것이 아까 전 나와 같은 시작점에 있었던 이들과는 확연히 차이가 나는 태도.

'아까 그 둘이 저 사람들의 반 정도만 긴장했어도 그리 허무하기 죽지는 않았을 텐데 말이지.'

문득 그런 생각이 떠올랐지만 이미 다 죽어버린 시점에 이런 생각을 해봤자 의미 없는 공상이 될 뿐이었다.

'그나저나… 이번 살인마는 활과 관련된 녀석인가?'

아직까지 그 모습을 드러내고 있진 않았지만 이런 숲속에서 살인마가 아닌 이상 괜히 생존자의 무리를 공격하는 존재가 더 있진 않을 테니까.

"흐음."

가볍게 호흡하며 4명의 남녀가 잘 보이는 위치로 자리 잡은 나는 그들이 하는 양을 물끄러미 쳐다봤다.

이대로 두면 곧 두 번째의 살인마가 모습을 드러낼 가능성이 컸고, 그런 녀석의 정보를 습득할 수 있다는 것만으로도 나에게는 이득이었기 때문이다.

'음? 저 여자애는…?'

찬찬히 생존자들을 관찰하던 나는 4명의 남녀에서 좀 더 익숙한 얼굴을 발견하고는 이채롭다는 표정을 지었다.

광장에서 화살을 쏘아 나를 도와주었던 앳된 얼굴의 여자.

양궁 선수 출신의 윤손하가 4명의 생존자 무리 속에 포함되어 있었던 것이다.

"호오."

윤손하는 화살이 날아왔던 방향을 경계하며 활시위를 당기고 있었다.

무엇이든 튀어나오면 곧장 쏘아낼 수 있는 이상적인 자세.

매섭게 숲속을 노려보는 그녀의 모습에는 일말의 망설임도 찾아볼 수가 없다.

못 본지 불과 몇 시간 정도 밖에 안 지났는데 생존 게임의 룰에 대해서 완전히 이해하고 녹아든 것 같은 모습.

'저런 식이면 어떻게든 살아남겠군.'

비교적 수준이 높은 생존자 무리들 속에서도 확연히 눈에 띄는 윤손하의 모습에 나는 내심 감탄하며 상황을 계속 주시했다.

'…좋지 않아.'

화살에 독이라도 발려 있었던 건지 허벅지를 맞은 남자는 좀처럼 스스로의 힘으로 일어서지 못하고 있었는데, 그로 인해 모두가 그 자리에 묶이고 있었다.

남자를 버리지 않는 이상 도망치는 것은 불가능에 가까운 상태.

"모두 준비해요. 갑자기 습격이 들어올지도 모르니까요."

"큭, 알겠어."

윤손하의 말에 붉은 머리 남자를 부축하며 움직이던 갈색 머리칼의 남자가 백금발의 여자에게로 부축을 맡기며 도끼를 강하게 움켜쥐었다.

"크흐윽… 미, 미안해…!"

고통스런 신음과 함께 미안함으로 고개를 떨구는 붉은 머리의 남자.

그런 그에게 백금발 여자는 속삭이는 듯한 소리로 괜찮다며 뭔가 독려를 하는 듯한 모습이었지만, 상황은 그들이 생각하는 것만큼 낙관적으로 흘러가지 않았다.

파사삭-

울창한 수풀이 흔들리며 마침내 살인마가 모습을 드러냈기 때문이었다.

"…제기랄!"

모습을 드러낸 살인마는 2미터 정도 되어 보이는 장신을 하고 있었는데, 그 모습이 또 기괴했다.

누가 봐도 위압감이 느껴지던 갈고리 살인마와는 달리 비쩍마른 몸을 지니고 있었기 때문이었다.

살인마는 마치 아프리카 기아 체험 현장에서나 볼 수 있을 법한 해골 같은 모습을 하고 있었다.

거기에 2미터나 되는 신장이 더해지니 마치 나무젓가락이 움직이는 것 같아서 기괴하기 그지없다. 하지만 진정으로 기괴한 점은 놈의 얼굴이었다.

이번에 나타난 살인마의 얼굴은 화상이라도 입은 것처럼 여기저기 눌러 붙어 있었다.

얼굴의 절반이 흘러내려 있었으며, 입이 있는 부위는 통째로 녹아들어 입이라는 구조 자체가 사라진 것처럼 보였다.

전체적으로 흘러내린 얼굴 속에서 눈꺼풀마저 타버린 채 안구 전체가 드러나 보이는 적색의 눈동자만이 형형히 빛나고 있는 모습.

"……."

입 주변이 녹아 붙어있기 때문일까?

살인마는 어떤 소리나 대사도 없이 그저 생존자들을 향해 발걸음을 옮길 뿐이었다.

그런 살인마의 손에는 오함마를 연상시키는 대형 망치가 들려 있었는데, 망치의 머리 부분이 바닥에 늘어뜨려진 채로 질질 끌리고 있었다.

이미 피 맛을 본 적이 있는 듯 진득한 붉은색의 액체가 선명하게 빛나고 있는 망치.

'정말 기괴하군.'

비쩍 마른 몸을 지니고 있기 때문인지 상체가 구부정하게 기울어져 있는 살인마는 관절에 문제라도 있는 듯 걸음마다 삐그덕 거리며 비틀거렸는데, 그러면서도 생존자들을 향해 곧바로 걸어가는 모습이 무척이나 섬뜩했다.

쐐애액-

퍽!

섬뜩한 외형과는 달리 너무나도 느릿하게 다가오는 살인마의 가슴으로 매섭게 박혀 들어가는 화살.

"……."

하지만 살인마는 가슴에 화살촉이 등 뒤까지 삐져나올 만큼 깊숙이 박혀들었음에도 불구하고 잠시 움찔거리는 것 외에는 어떠한 타격도 없이 다시 걸음을 옮기고 있었다.

특유의 삐걱거리는 움직임을 보이면서.

"제가 다리를 맞출게요!"

윤손하가 다시 화살을 쥐며 살인마의 무릎 쪽을 겨냥했다.

쐐애액-

푹-

긴장한 탓일까? 화살은 애초에 노리던 무릎이 아닌 그 아래쪽의 종아리 쪽으로 박혀 들었다. 하지만 이번에도 살인마는 잠깐의 움찔거림을 보인 것 외에는 어떠한 딜레이도 없이 비틀대는 걸음을 내딛었다.

"큭! 일단 모두 물러서! 여긴 내가 시간을 끌어 볼 테니!"

어느새 거리가 5미터 안쪽까지 가까워지자 도끼를 들고 있던 남자가 이를 악물며 전방으로 나섰다.

"하지만…."

"어서!"

윤손하는 어떻게든 돕고 싶은 듯 다시 화살을 쥐는 모습이었지만, 남자의 일갈에 결국 입술을 깨물며 물러섰다.

지금의 상황에서는 자신이 어떠한 도움도 될 수 없다는 것을 명백히 이해하고 있었기 때문이었다.

윤손하는 화살을 다시 화살통으로 넣고 활을 어깨에 걸친 뒤 붉은 머리 남자를 힘겹게 부축하며 걸음을 옮기고 있던 백금발 여자를 도와 남자의 반대편 어깨를 부축했다.

'결국 버리지 못하는 건가?'

생존자들의 선택을 보며 나는 아쉽다는 생각을 했다.

처음부터 붉은 머리 남자를 버리고 갔더라면 깔끔하게 달아날 수 있었을 터였기 때문이었다.

사실 지금이라도 그를 버리면 모두 무사히 달아날 수 있었다. 망치 살인마의 속도는 상당히 느린 것처럼 보였으니까.

"이야앗!"

내가 아쉬움을 품는 사이 갈색 머리 남자는 기합을 내지르며 망치 살인마에게 달려들었다.

마치 기선제압이라도 하려는 듯한 태도.

퍼걱-!

매섭게 휘둘러진 도끼날은 어떠한 제지도 없이 살인마의 어깨로 정확히 박혀 들었다. 동시에 살인마의 몸체가 그 어느 때보다 크게 흔들리며 밀려났다.

그러나 바위도 쪼갤 듯이 휘둘러진 도끼날은 살인마의 어깨 이상을 파고들지 못 했다.

"크! 으윽!"

금세 자세를 회복하며 자신을 내려다보는 살인마의 모습에 남자는 용을 쓰며 도끼를 빼내려고 했지만 안타깝게도 도끼는 어딘가 뼈에 걸리기라도 한 것처럼 좀처럼 딸려 나오지 않았다.

'……그냥 깔끔하게 무기를 포기하면 될 것을.'

당황한 기색이 역력한 남자는 미련하게도 계속 도끼자루를 움켜쥔 채 용을 쓰고 있었다.

그리고… 살인마는 더 이상 그를 그저 두고 보고만 있지 않았다.

콰악!

"컥!"

기습적으로 목줄을 움켜쥐는 손아귀에 남자가 마침내 도끼자루를 놓고 억눌린 신음을 머금는다.

'끝이군.'

남자의 목을 틀어쥔 살인마는 한쪽 팔의 힘만으로 그를 그대로 들어올렸다. 해골과 같은 몸매와는 달리 무시무시한 손아귀의 힘이 남자의 목줄을 강하게 조여든다.

"커흑! 이거 놔! 놓으라고!"

숨통을 조여오는 고통에 남자는 발악하며 살인마에게로 연신 발길질을 했지만 살인마는 조금도 타격을 받지 않고 그를 끌어 당겨 얼굴을 가까이 접근시켰다.

"크흐윽…!"

흉측한 얼굴이 코앞으로 다가오자 남자는 반사적으로 시선을 피하며 눈을 감았다.

하지만 그런 남자의 반응에도 살인마는 어떠한 반응도 보이지 않은 채 하나 밖에 없는 눈동자로 남자의 얼굴을 찬찬히 뜯어보는 듯한 모습이었다.

"영목 오빠!"

"아저씨!"

순식간에 벌어진 사태에 백금발 여자와 윤손하가 차례로 경호성을 내질렀지만 다급한 마음과 달리 차마 부축한 이를 팽개치지 못한 두 사람은 영목이라는 이름의 남자에게 어떠한 도움도 줄 수 없었다.

그리고…

그러는 사이 살인마는 관찰을 끝마친 모습이었다.

스으윽…

코앞까지 끌어당겼던 남자를 높이 들어 올리는가 싶더니 이내,

휘이익- 콰앙!

"컥!"

남자의 목을 붙잡은 채 그대로 땅바닥에 내리찍었던 것이다. 그 어떠한 대비도 없이 등짝부터 바닥에 떨어져 내린 남자는 억눌린 신음을 토하며 등을 크게 휘었다.

그런 그를 내려다보며 늘어뜨리고 있던 망치를 양손으로 움켜쥐는 살인마.

피하기는커녕 바닥에 찍힌 고통조차 해소하지 못해 끙끙대는 남자를 내려다보며 살인마는 망치를 높이 치켜들었다.

그리고…….

"안 돼엣-!"

후우우웅-

단말마의 외침과 함께 망치가 남자의 머리 위로 정확히 떨어져 내렸다.

톱스타의 킬링필드

Hell is coming

chapter 3. 생존의 법칙

콰지익!

북이 터지는 것 같은 거북한 소리와 함께 쐐기형으로 돌출된 망치의 앞부분이 남자의 미간으로 무참히 박혀 들어간다.

있는 힘껏 내리쳐진 일격에 남자의 얼굴은 그대로 함몰되며 무너져 내렸다.

푸카아악-

두개골이 빠개지며 대량의 핏물이 쭈욱 번지며 바닥으로 뿌려졌다. 방금 전까지만 해도 멀쩡히 살아 움직이고 있던 사람이 단숨에 차가운 시체로 변해버린 것이다.

머리통이 통째로 으깨어져버린 비참한 모습으로.

"히, 히익?"

눈앞에서 벌어진 믿을 수 없는 광경에 얼빠진 신음을 흘리는 백금발의 여자.

그녀는 자신이 부상자를 부축하고 있었다는 사실마저 잊고서는 휘청거리다가 뒷걸음질을 치면서 물러났다. 그리고는 마치 악몽에서 깨어나기라도 하려는 것처럼 바들바들 떨며 바닥에 널부러진 남자의 시신을 본다.

"아아아…."

눈을 감았다가 떠도 여전히 깨어나지 않는 악몽에 백금발 여자의 얼굴이 단숨에 일그러졌다.

그리고…….

"꺄아아아아악~!"

처절한 비명소리가 울창한 수림을 뚫고 하늘 높이 울려 퍼졌다.

완전히 맛이 가버린 것 같은 모습.

"어, 언니! 정신 차려요! 도망가는 거예요!"

윤손하가 나서며 멘탈 수습에 나섰지만 백금발 여자는 정신적으로 이미 완전히 망가져버린 상태였다.

"모두 죽을 거야… 전부 다 저렇게 잔인하게 죽고 말거라고!"

"언니!"

윤손하가 다시 소리쳤지만 백금발 여자는 실성한 듯 몸을 벌벌 떨어댈 뿐이었다. 그리고는 점차 발걸음을 뒤로 향하며 물러서는가 싶더니 이내 발작적으로 외치는 것이다.

"난 죽기 싫어… 죽기 싫다고!"

그 말을 끝으로 울먹거리던 백금발 여자의 얼굴이 일순 싸늘하게 변했다.

"난 살아남을 거야."

선고와도 같은 말.

그와 동시에 그녀의 몸이 완전히 돌아섰다.

"언니잇-!"

스스로의 생존을 위해 방금 전까지만 해도 부축하고 있던 붉은 머리 남자와 윤손하를 한꺼번에 버린 것이다.

윤손하의 외침에도 백금발 여자는 뒤도 보지 않고서 숲 속의 어둠으로 빠르게 뛰어서 사라져 버렸다.

그런 그녀의 배반에 윤손하는 입술을 질끈 깨물며 이러지도 저러지도 못하는 모습이었다.

이렇게까지 된 시점이라면 그녀 역시도 부상자 따위는 버리고 자신의 생존을 도모하는 것이 옳은 판단이었지만… 그녀의 성향으로는 도저히 그런 일을 행할 수 없었던 것이다.

"아, 아니지? 나 버릴 거 아니지? 나도 죽고 싶지 않다고!"

울먹거리기까지 하며 매달려오는 부상자를 버리고 갈 수 있을 정도로 그녀는 냉정하지 못 했다.

'…끝났군.'

일련의 상황들을 지켜보던 나는 답답한 얼굴로 한숨을 머금었다.

이런 마당에까지 알량한 인간애를 버리지 못하는 윤손하의 모습을 미련하다고 생각하면서도 나름대로 마음에 들었던 그녀가 이제 곧 죽을 것이라는 사실에 허무감이 들었기 때문이었다.

저 쓸모없는 부상자 나부랭이를 버리고 가지 못하는 이상 윤손하는 이곳에서 죽을 수밖에 없다.

'어쩔 수 없지. 그게 생존의 법칙이니까.'

자신의 목숨을 위해서는 그 외의 어떤 것이라도 다 희생시킬 각오가 되어있는 것.

그것이 바로 생존의 법칙이었다.

'슬슬 물러나는 게 좋겠군.'

나는 입맛이 씁쓸해지는 것을 느끼며 현장에서 시선을 거두었다.

원래라면 새로 나타난 살인마까지 추적하여 좀 더 추가적인 정보를 얻어낼 셈이었지만, 허무하게 죽어갈 윤손하를 생각하자 왠지 마음이 동하지 않았다.

"…운이 좋다면 살아남게 될 수도 있겠지."

극한의 상황에서 인간은 분명 성장하게 되는 법이니까.

그 말을 끝으로 나는 기척을 내지 않기 위해 주의하며 천천히 뒤로 물러나기 시작했다.

바로 그때였다.

"!"

일순 등골을 타고 오르는 섬뜩한 긴장감.

마치 누군가가 바늘로 등을 콕콕 찔러대고 있는 것과 같은 소름끼치는 감각이 등허리 전체를 타고 오르고 있었다.

그리고….

그것은 나에게 있어서 꽤나 익숙한 감각이었다.

'…암습의 감각!'

금방이라도 목줄이 베어지며 차가운 시체로 변하게 될 것만 같은 위기감에 나는 나뭇가지를 딛고 있던 균형감각마저 포기하며 재빨리 몸을 돌려 세웠다.

'제길!'

안 좋은 예감은 어째서 빗나가는 법이 없는지.

"큭!"

이미 코앞까지 다가와 있는 싸늘한 비수의 모습에 나는 이를 악물었다.

키잉!

은빛의 실선이 지나치며 검신과 검신이 부딪히는 소리가 날카롭게 울려 퍼졌다. 반사적으로 뽑혀진 단검이 아슬아슬하게 비수를 튕겨낸 것이다.

완벽하게 뒤를 잡힌 것치고는 꽤나 괜찮은 성과.

하지만 암습을 완전히 피해낼 수는 없었다.

피잇-

왼쪽 볼을 비수 끝이 스치고 지나가며 붉은 실선과 함께 몇 방울의 핏물이 튀어 올랐다.

'제길!'

나는 욕설을 머금었다.

아무 것도 못하고 죽을 뻔 했던 상황을 볼에 생채기가 새겨지는 것만으로 퉁칠 수 있었다면 아무래도 남는 장사였지만 가슴 한쪽이 싸늘해지는 기분만큼은 지울 길이 없었기 때문이었다.

"캬아아악!"

습격자는 자신의 공격이 실패했다는 사실에 무척이나 화가 난 듯 기척을 숨길 생각도 하지 않은 채 괴성을 내질렀다.

아래에 있는 망치 살인마만큼이나 기괴한 모습을 하고 있는 존재.

'망할… 팀플레이라는 거냐!?'

나뭇가지의 건너편에 매달린 채 이쪽을 향해 괴성을 내지르는 존재는 망치 살인마와 꽤나 비슷한 모습을 하고 있었다.

다만 다른 점이 있다면 지금 내 눈앞에 있는 녀석은 밑에 놈과 달리 겨우 130센티가 되어 보일만큼 자그마한 체구를 가지고 있었으며, 눈이 있어야 될 부분이 완전히 뭉개져 퇴화 된 것처럼 되어 있다는 점이었다.

얼굴 중에 성한 곳이라고는 눈꺼풀조차 없는 흉측한

눈알 밖에 없던 망치 살인마와 달리 눈앞의 녀석에게서 멀쩡한 부분은 입 밖에 없었다.

등에는 조그마한 각궁을 매고 한 손에는 날카로운 비수를 들고 있는 작고 왜소한 체형의 살인마.

"망할…."

어째서 생각하지 못했던 걸까.

윤손하 그룹의 위기는 붉은 머리 남자의 허벅지가 화살에 적중되면서부터 시작되었다는 것을.

망치 살인마를 보자마자 놈에게 화살이 들려 있지 않음을 깨닫고 최소한의 동조자가 있을 거라는 점을 고려했어야 했는데… 살인마는 당연히 단독행동을 할 것이라는 출처 불명의 고정관념으로 방심을 하고 말았다.

'…더군다나 바로 등 뒤까지 허락했어.'

거기에 대해서라면 변명할 말이 없는 건 아니었지만, 중요한 것은 내가 한순간이나마 방심을 했고 그로 인해 하마터면 죽을 뻔 했었다는 사실 그 자체였다.

하지만 그런 나의 반성은 길게 이어질 수가 없었다.

새롭게 나타난 살인마의 암습을 피하기 위해 물러서느라 지지대를 상실했기 때문이었다.

중력을 영향을 받아 서서히 떨어져가는 신체 감각을 느끼며 나는 도약의 자세를 취하고 있는 암습자를 노려보며 있는 힘껏 단검을 쏘아냈다.

쉬익-!

무너진 자세임에도 예리한 각도로 쏘아내진 단검이 은빛 실선을 그리며 곡궁 살인마의 미간으로 정확히 날아들었다.

"키엣!"

곡궁 살인마는 단지 고개를 트는 것만으로 너무나도 손쉽게 단검을 피해냈다.

하지만 나는 실망하지 않았다.

처음부터 나의 목적은 놈이 도약을 할 수 없도록 찰나의 시간이나마 벌어보는 것이었으니까.

'이대로 떨어져 내린 뒤 빠르게 거리를 벌린다. 그런 다음에는 다시 숲으로 녹아드는 편이 좋겠지.'

등 뒤로부터 철렁 하고 떨어져 내리는 낙하감을 느끼며 나는 차분하게 다음의 행동을 떠올렸다.

다소 조급하고 산만하기까지 했던 어린 시절 아버지가 보내주었던 기원에서 배우고 체득한 버릇이었지만, 아이러니하게도 킬러 일을 할 때 오히려 더 큰 도움이 되었던 방법.

'내다보는 사고' 가 이번에도 가장 최적이 될 선택을 떠올리며 빠르게 계획을 정리하기 시작했지만, 바로 다음 순간 나는 그 모든 계획들이 무용지물이 됨을 느꼈다.

"…미친!"

단검을 피해냈던 곡궁 살인마의 모습이 스르륵 흩어지는가 싶더니 불과 1초도 되지 않아 완벽한 어둠으로 녹아들었기 때문이었다.

그것은 내가 행하고 있는 동화와 같은 기술과는 차원이 다른 것이었다.

놈은 말 그대로 사라져 버렸기 때문이었다.

놈이 행한 것은 말 그대로의 은신이었다.

"젠장… 미치겠군."

에일리언과 더불어 우주 괴물 영화의 쌍벽을 이루는 주인공인 프레데터가 보여주던 그것처럼 곡궁 살인마는 한 순간에 투명이 되어버렸다.

파삭-

곡궁 살인마가 딛고 있던 나뭇가지가 흔들리며 몇 개의 나뭇잎들이 부산하게 떨어져 내린다. 그러나 그것을 끝으로 놈의 기척은 자취를 감추었다.

마침내 나는 어째서 그렇게나 쉽게 놈에게 등 뒤를 허용했었던 건지 알 수 있었다.

놈은 살인마이기에 앞서서 타고난 암살자였던 것이다.

'이대로는 위험하다!'

섬뜩한 경고음이 머리를 가득 울린다.

동시에 머릿속에 쌓여졌던 모든 계획들을 깨끗이 지워버린 나는 빠르게 새로운 계획을 떠올리기 시작했다.

'은신에 기척까지 지우는 놈을 상대로 이런 복잡한 장소는 오히려 위험해. 지금 필요한 건 놈과 최대한 빠르게 거리를 벌리는 거다. 그러기 위해서는…….'

"…우선 넓은 공간으로 나아가는 게 좋겠지."

생각을 결정한 나는 망설임 없이 공터가 있는 방향을 향해 내달렸다.

전속으로 내달린 전방으로 전개되는 무성한 덤불지대.

“흐읍!”

파사사삭-

나는 속도를 줄이지 않고 곧장 덤불 속으로 뛰어 들었다.

날카로운 활엽수와 가느다란 나뭇가지들이 피부 위로 스치며 따가움을 선사했지만 나는 무사히 공터 쪽으로 진입할 수 있었다.

그러나 나는 진입하자마자 또 다른 위기를 맞이해야만 했다.

코앞에 망치 살인마의 모습이 보이고 있었기 때문이었다.

방금 전까지만 해도 윤손하와 붉은 머리 남자를 향해 걸어가고 있었던 망치 살인마는 어느새 내게로 시선을 고정시킨 채 망치를 들어 올리고 있었다.

‘역시 팀플이었어!’

가정을 확신으로 바꾸며 나는 이를 악물었다.

그리고…,

후우우웅-

정확히 머리를 향해 날아드는 망치를 보며 있는 힘껏 창을 빗겨 올렸다.

콰카악-

"큭!"

정확하게 빗겨 쳐냈음에도 불구하고 완전히 해소되지 않은 무시무시한 힘이 창대를 타고 전해져 온다.

그러나 덕분에 망치 살인마의 공격을 무사히 피해낼 수 있었던 나는 놈을 스치듯 빠져 나오며 등 뒤의 검을 뽑아들었다.

'기왕이면 많은 정보를 거두어내는 편이 좋으니까.'

머리털이 쭈뼛 설 것만 같은 위기상황에도 차분하게 유지되는 생각을 이어가며 나는 무방비 상태로 드러난 망치 살인마의 발목으로 검을 휘둘렀다.

푸걱-

매섭게 휘둘러진 검격이 정확하게 망치 살인마의 아킬레스 건으로 박혀 든다.

무려 발목의 절반이나 파고 들어갈 만큼 치명적인 일격.

"역시나."

하지만 나는 미련 없이 검을 놓아 버리고는 당초의 계획대로 망치 살인마와의 거리를 벌렸다.

'멀리서 볼 때부터 어느 정도 예상하긴 했지만… 참 무식한 뼈대구만.'

망치 살인마의 뼈대는 마치 강철을 연상시킬 만큼 단단했다. 단순한 검격 따위로는 절대로 끊어낼 수 없는 강도를 지니고 있었던 것이다.

'거기에다가 혈관이나 근육이 밀집도가 비정상적으로 높다.'

망치 살인마에게 희생되었던 영목이라는 이름의 남자가 놈의 가슴팍에서 도끼를 빼낼 수 없었던 데에는 그런 이유가 있었던 것.

'이래서야 네이팜탄 같은 거라도 터뜨리지 않고서야 절대로 죽일 수가 없겠군.'

새삼스럽게 나는 살인마들이 절대로 죽일 수 없는 존재임을 경고했던 글귀의 내용을 떠올렸다.

"결국에는 튀는 것뿐인가."

빠르게 체념한 나는 발목에 검을 매단 채로 비척대며 몸을 돌려 세우는 망치 살인마로부터 아예 돌아서며 여전히 혼란에 빠져 있던 윤손하와 붉은 머리 남자 쪽으로 빠르게 접근했다.

"어? 오빠는…!?"

무언의 시선을 교환한 것 외에는 어떠한 일면식도 나누지 않았건만 제법 친근한 호칭으로 부르며 반가움과 혼란이 뒤섞인 시선을 던져오는 윤손하.

나는 그런 그녀의 시선을 무시하며 창을 양손으로 움켜쥐었다. 그리고는 거리가 좁혀지자마자 망설임 없는 일격을 찔러낸다.

쐐애액-

푹!

윤손하가 반응을 하기도 전에 뻗어나가 목표물을 격살하는 창날.

"꺄악!"

뾰족한 창날은 정확히 붉은 머리 남자의 미간으로 박혀 들어가 있었다. 비명은커녕 신음조차 내뱉지 못할 만큼 정확한 일격이 붉은 머리 남자의 목숨을 거두어낸 것이다.

푸화악!

박아 넣었던 창날을 거칠게 뽑아내자 상처가 벌어지며 핏물이 분수처럼 쏟아져 나온다.

"아악! 어, 어째서!?"

한순간에 목숨을 잃고서 완전히 허물어지는 붉은 남자의 시체에 윤손하가 공포와 경악이 가득한 얼굴로 물어온다.

그러나 그에 대한 설명을 하고 있을 틈은 없었다.

지금쯤이면 곡궁 살인마 역시도 완전하게 공터 쪽으로 접어들었을 것이기 때문이었다.

'아마 지금쯤이면 이쪽을 화살로 겨냥하고 있을 지도 모르지.'

본능적으로 드는 예감에 나는 여전히 부축하던 자세를 풀지 못하고 있던 윤손하로부터 붉은 머리 남자의 시체를 빼앗아 들며 회전하듯 자리를 바꾸었다.

쐐애액-

푹!

남자의 시체를 방패로 내세우기가 무섭게 그 위로 박혀드는 화살. 그것은 남자의 허벅지에 박혀있던 것과 똑같은 화살촉을 하고 있었다.

'여기서 생존율이 높은 방법은 희생자를 만들어 시간을 벌거나 혹은 이쪽도 팀플을 하는 것.'

나는 그 중에서 팀플을 하는 방향으로 선택을 굳힌 상태였다.

아마 남아있는 이가 윤손하가 아닌 어줍잖은 상대였다면 망설임 없이 그를 희생양 삼는 방안을 선택했겠지만, 윤손하는 어설프긴 해도 분명 도움이 될 수 있을만한 재능을 지닌 존재였다.

"집중해. 달아난다."

짧게 할 말만을 내뱉은 나는 짊어진 남자의 시체를 여전히 방패막으로 사용해가며 빠르게 뒷걸음질을 치기 시작했다.

"…네."

혼란스러운 표정을 지으면서도 윤손하는 순순히 고개를 끄덕이며 내 뒤쪽으로 자리를 잡으며 함께 물러나기 시작했다.

역시… 그녀는 재능이 있었다.

'자, 그럼 이제는….'

가벼운 만족감과 함께 다음의 계획을 떠올려가려 할 때였다.

번쩍!

"헉"

머릿속으로 플래시와 같은 빛이 터지는 듯한 감각과 함께 눈앞으로 직사각형의 메시지 박스가 떠올랐다.

[히든 아이템 '피로 물든 눈알 조각' 이 생성되었습니다.]

[인벤토리가 없으므로 외부로 곧장 생성합니다.]

이번에도 역시 내용을 확인하자마자 스르륵 열어지며 녹아들 듯 사라지는 메시지 박스.

그 뒤로 희미한 푸른색의 빛이 반짝이는가 싶더니 사탕만한 크기의 무언가가 허공으로 생성되며 떨어져 내렸다.

"!"

나는 망설임 없이 손을 뻗어 그것을 낚아채며 움켜쥐었다.

터업!

손바닥 안에 딱 들어오는 부피의 매끄러운 질감이 피부를 타고 전해져 온다.

믿을 수 없을 만큼 서늘하면서도 음산한 느낌.

'일단은 여기를 빠져나가는 것부터다.'

나는 당장에라도 손에 쥔 물건을 확인하고 싶은 욕망에 휩싸였지만 애써 충동을 가라앉히고는 붉은 머리 남자의 시체를 방패막이 삼아 수풀지대까지 후퇴했다.

허리까지 자라난 풀들과 여기저기 얽혀있는 나뭇가지들로 인해 화살 공격으로부터 상대적인 안전함을 꽤할 수 있는 곳.

안전권으로 접어들자마자 나는 곧장 들고 있던 시체를 아무렇게나 팽개쳐 버리고는 말했다.

"설명은 나중에. 우선은 여길 벗어난다."

"…네."

이번에도 순순히 대답하는 윤손하. 그녀의 얼굴 위로 묘한 열기가 스며들어있는 것이 보였다.

"따라와."

나는 그 이상 입을 열지 않고 앞장서서 나아가기 시작했다. 따르는 사람의 입장 따위는 눈꼽만큼도 고려하지 않은 거칠고 빠른 움직임.

하지만 윤손하는 피부 위로 나뭇가지들이 스치며 생채기가 새겨질 때마다 연신 신음을 흘리면서도 불평 하나 없이 제법 잘 따라와 주었다.

그렇게 약 20분을 더 움직였을까?

바위와 나무들로 인해 천연의 은신처처럼 만들어진 지대에 접어들고 나서야 나는 비로소 발걸음을 멈추었다.

"일단 쉬어."

"하악… 하아… 네."

내 말이 떨어지기가 무섭게 윤손하는 옆에 있던 바위

위로 엉덩이를 붙이고 앉으며 거친 숨을 몰아쉬었다.

'나쁘지 않군.'

솔직히 한두 번 정도는 처지는 순간이 있을 거라고 생각했는데… 윤손하는 내 예상보다 훨씬 더 잘 따라와 주었다.

이미 체력의 한계 따위는 진즉에 왔을 텐데 말이지.

만약에 내가 디아틀로스의 특급 킬러이자 교관으로 있었던 과거라면 한번쯤은 스카웃 제의를 하고 싶었을 만큼 윤손하는 제법 훌륭한 재원이었다.

하지만… 어차피 지금은 다 무소용인 이야기였다.

'쓸데없는 생각은 여기까지.'

깔끔하게 윤손하에 대한 생각을 털어버린 나는 주변에 대한 경계를 소홀히 하지 않으며 주머니 속에 넣어두었던 물건을 꺼내어 들었다.

"…기분 나쁜 모양이군."

마침내 그 모습을 확인할 수 있게 된 물건은 상당히 기분 나쁜 분위기를 머금고 있었다.

외형만을 따지자면 검은색의 구슬 위로 유희왕에 나오는 눈알 문양 같은 것이 양각으로 새겨져 있는 단순한 조각이었는데, 그 주변으로 자연스러우면서도 이질적으로 새겨진 핏물의 흔적들이 마치 실제 사람의 안구인 것처럼 섬뜩한 느낌을 주는 것이다.

"…음?"

묘하게 시선을 빨아들이는 눈알 조각의 모습에 집중하고 있을 때였다.

어느 순간 눈앞으로 새로운 피막이 생겨나는 것만 같은 감각이 느껴진다 싶더니 눈알 조각의 위로 유려한 필체의 글귀들이 형형히 떠올랐다.

[피로 물든 눈알 조각(히든)]

–숨겨진 경로를 통해서만 얻을 수 있는 히든 아이템이다.

–어떤 충격에도 깨어지지 않는 내구도를 지니고 있지만 '발현' 이라는 명령어와 함께 바닥으로 집어 던지면 효과의 발현과 함께 깨어지며 소멸된다.

(사용 효과: 효과 발현 시 반경 50미터 내에 있는 살인마들의 움직임을 20분간 제한할 수 있다.)

"호오!"

나는 이채롭다는 표정을 지었다.

처음의 지문에도 언급되고 있던 만큼 꽤나 중요한 아이템일 거라고 생각하긴 했지만…….

'이건 생각보다 훨씬 더 쓸모가 있겠는 걸?'

나는 흡족한 미소를 머금었다. 이것이 있는 이상 만약의 상황에 살인마들로 포위가 되는 위험상황에 처하게 되도 적어도 한 번쯤은 완벽하게 빠져나갈 수 있을 것이었다.

20분이나 되는 시간이라면 살인마들을 따돌리고 충분히

거리를 벌리는 데에 충분하고도 남는 시간일 테니까.

하지만,

뒤를 이어 떠오른 메시지의 내용에 나는 조각의 사용법에 대해 다시 한 번 고려할 수밖에 없었다.

[단, 조각을 제단으로 가서 바칠 경우 제단의 불이 밝혀지며 빛의 범위에 속한 반경 20미터의 지역은 살인마가 침범할 수 없는 안전지대가 됩니다.]

[안전지대의 유지시간은 2시간이며 범위 안에 있는 동안 생존자들은 상처에 대한 치유를 받을 수 있게 됩니다.]

눈알 조각을 사용하는 또 다른 방법에 대해 논하고 있는 글귀. 그것은 상당히 구미가 당기는 것이었다.

기껏해야 20분. 그것도 범위에 속한 살인마에게만 조건부로 시간을 벌어주는 기존의 방식과 달리 무려 안전지대를 생성해주는 것이다.

시간도 무려 2시간이었다.

누가 봐도 제단에 바치는 쪽이 훨씬 나은 사용 방법.

하지만 나는 좀처럼 결정을 내릴 수가 없었다.

[주의점: 제단에 피로 물든 눈알 조각을 바친 생존자는 그 시점부터 살인마들의 타겟이 되며 움직임이 추적 당하게 됩니다.]

글귀의 가장 말미에 새겨진 바로 이 내용 때문이었다.

눈알 조각은 꽤나 긴 시간동안 다수의 안전을 얻을 수 있는 효과를 지니고 있었지만, 정작 그 대가는 나 자신의 위험도가 높아지는 것이었다.

'…이래서야 주객전도가 아닌가!'

버릇처럼 눈썹을 일그러뜨린 나는 무심코 하늘을 올려다보았다.

먹구름이 잔뜩 끼어 달빛조차 제대로 비추어지고 있는 하늘은 시간을 짐작할 수 없게 했지만 게임이 시작되었을 때부터 초 단위로 시간을 재고 있던 나는 대강의 남은 시간을 유추할 수 있었다.

"새벽까지는 앞으로 3시간 반 정도인가."

고작 2시간을 버는 것만으로는 다 버텨낼 수 없는 시간이었다.

'하지만 앞으로 1시간 반 정도를 더 버티다가 사용할 수만 있다면…….'

제단에 바치는 방식의 사용법은 상당한 성과를 낼 수 있을 것이었다.

나를 비롯해 윤손하는 물론 어쩌면 이 지옥과 같은 공간 어딘가를 배회하고 있을 나머지 생존자들도 구할 수 있을 테니까 말이다.

'그러기에 앞서서…….'

"우선은 진위를 가려야겠군."

"네?"

어느 정도 체력이 돌아온 듯 헐떡거리던 걸 멈추고서 멍하게 앉아있던 윤손하가 벙 찐 표정으로 물어온다.

뭔가 나의 말을 들었다기보다는 갑자기 들린 목소리에 반응했다는 느낌이었다.

아까 전 그녀의 눈앞에서 행했던 '살인' 에 대해서는 까맣게 잊어버린 건지 바로 같은 표정을 지은 채 이쪽을 응시하는 윤손하의 모습에 나는 대수롭지 않게 말했다.

"아무 것도 아냐. 그냥 혼잣말이니까."

"아… 네."

생각 이상으로 쌀쌀맞게 내뱉어진 대답에 윤손하는 금세 시무룩해지며 입을 다물었다. 나는 그에 굳이 신경 쓰지 않은 채 습관처럼 계획을 세워가기 시작했다.

'우선은 첫 번째 살인마의 거처로 가야겠지. 여자가 제물로 바쳐졌던 그곳이 정말로 제단인지 확인해야만 할 테니까.'

만약 그곳이 제단이 아니라면 정작 사용해야만 하는 순간에 낭패를 보게 될 수도 있었다. 그러니까 우선은 제단의 사실 유무부터 확인해야만 하는 것이다.

증명하는 방법에 대해서는 딱히 아는 바가 없었지만 일단 손에 눈알 조각이 있는 이상은 어떻게든 알아낼 수 있을 터였다.

'그 다음은 최대한 숨어 다니면서 시간을 끄는 건가?

만약 그곳이 제단이 확실하다면 그 주변으로 멀리 달아나선 안 되겠지.'

차분하게 하나씩 생각을 떠올려가며 나는 계획을 정리해 나가기 시작했다. 그렇게 얼마 지나지 않아 대강의 가이드라인이 머릿속에서 완전히 수립되어졌을 때였다.

"그나저나… 이건 대체 어떤 조건으로 생겨난 거지?"

다시 원점으로 돌아온 나는 여전히 손바닥 위에 올려진 피로 물든 눈알 조각을 내려다보며 골똘히 생각에 잠겼다.

눈알 조각은 분명 붉은 머리 남자를 제거하고 난 뒤에 생성되었다.

그렇다는 것은 곧 그의 죽음이 조각과 연관이 있다는 것. 쉽게 생각하자면 생존자들의 목숨을 뺏는 행위… 즉, 살인이 키워드라고 할 수 있겠지만 그렇게 허술할 것 같다는 생각이 들진 않았다.

그래도 '히든' 이라는 타이틀이 붙어있을 정도라면 분명 그에 상응하는 조건이 있을 게 아닌가. 단지 살인을 했다는 이유로 히든 아이템을 얻게 된다는 건 아무래도 신빙성이 부족해보였다.

'그래도 일단 테스트는 해 볼 필요가 있겠지만.'

생각을 정리하며 나는 힐끗 시선을 돌려 윤손하를 쳐다봤다.

지금 나와 가장 가까이 있는 생존자. 더군다나 그녀는 내게 어떠한 경계심도 품지 않은 무방비의 상태였다.

'마음만 먹는다면 단숨에 죽일 수도 있지.'

하지만 나는 치밀어오르는 충동을 차분히 가라앉혔다. 아직 확실한 건 아무 것도 없지 않은가. 더군다나 나는 아직 다른 이들을 미처 만나보지 못한 상태였다.

'이곳으로 옮겨지기 전까지만 해도 광장에 남아있던 인원은 대략 50명에 육박했었으니까.'

그 인원이 고스란히 이곳으로 옮겨졌다고 가정해본다면 아직 꽤나 많은 수의 인원이 살아남아 있을 가능성이 컸다.

그러니까… 서두를 필요는 없겠지.

게다가 지금 당장 위기에 처한 것도 아니니까.

아무리 전직 킬러라고 해도 단지 의문을 해소하기 위해서 아무렇지 않게 살인을 행할 만큼 밑바닥 인생을 살아오진 않았다.

"일단은 탐색이군. 이봐. 윤손하라고 했던가?"

"네? 아, 넵!"

쏘아붙이는 듯한 말투에 군기가 바짝든 이등병이라도 된 것처럼 찔끔하며 답하는 윤손하.

나는 잠시 옆의 나무에 기대어 두었던 창을 다시 집어든 뒤 앞장서서 걸으며 말했다.

"움직인다. 기도비닉에 주의하도록."

"네. 알겠어요."

"좋아."

이번에도 순순히 답하는 윤손하의 반응에 나는 고개를 끄덕이며 그녀로부터 완전히 시선을 거두었다.

"저기 근데…."

"뭐?"

이제 와서 반말에 대해 따지기라도 할 셈인가?

나는 슬쩍 눈썹을 찌푸리며 그녀의 다음 말을 기다렸다.

"그게… 기도비닉이 뭐죠?"

"……."

깜빡했다.

그녀가 이제 갓 스무살이 된 평범한 여대생이었다는 것을 말이다. 나는 괜히 멋쩍어져서는 헛기침을 토했다.

"커흠… 그냥 움직일 때 소리가 안 나게 조심하라는 거야. 언제 살인마들에게 걸릴지 모르니까."

"아하~ 알겠어요."

"그리고 만약 살인마가 10미터 안쪽까지 다가왔는데 아직 들키지 않은 상태라면 곧장 숨을 참아."

"네? 숨을요?"

"놈들은 이산화탄소를 추적할 수 있는 모양이니까."

나의 설명에 윤손하는 약간 알쏭달쏭한 표정이었지만 그 이상 더 물어오지는 않았다. 그렇게 우리는 다시 어두운 숲속으로 녹아들었다.

❖

숲속으로 접어든 우리들은 제법 순탄하게 탐색을 진행하고 있었다.

달빛 한 점 비치지 않는 숲속은 한치 앞조차 분간하기 어려울 만큼 어둡고 음침했지만 우리들에겐 어떠한 제약도 되지 못했다.

오랫동안 어둠 속에 있던 탓에 동공이 완벽하게 암순응이 된 것도 이유가 될 수 있지만 그보다는 길잡이 노릇을 하는 것이 바로 나이기 때문이었다.

윤손하는 비록 능숙하지는 못했지만 적어도 발목을 잡지는 않을 만큼 내 뒤를 잘 따라와 주었다.

"음?"

움직인 지 10분 정도가 지났을까? 왔던 길을 다시 거슬러가는 길목에서 우리는 한 구의 시체를 발견할 수 있었다.

팔 다리가 잘린 채로 커다란 나무 위에 밧줄로 목이 메어져 매달려 있는 알몸 여성의 시체.

"허읍, 저, 저건…!"

"아까 그 여자로군."

시체의 정체는 아까 전 윤손하를 배신하고 혼자 달아났던 백금발의 여자였다.

도망쳤던 장소로부터 그리 멀리 떨어지지도 않은 장소에서 이토록이나 잔혹한 최후를 맞이했던 것이다.

'아마도 또 다른 살인마를 만났던 모양이군.'

망치 살인마와 곡궁 살인마에게는 분명 밧줄 따위가 들려있지 않았었으니까.

백금발 여자는 정신없이 달아나고 있었고 당시의 상황으로 보건데 그리 멀리가지 못해서 금방 숨이 차 걸음을 멈출 수밖에 없었을 것이다.

거기서 하필이면 재수 없게 다른 살인마에게 발각된 거겠지. 눈앞에서 펼쳐지는 것처럼 선명하게 떠오르는 시나리오에 나는 낮게 혀를 찼다.

이로서 살인마의 종류가 또 하나 늘었다는 것을 알게 되었기 때문이었다.

'헌데 이상하군.'

매달린 여자의 시체를 보며 나는 고개를 갸웃거렸다.

그녀의 죽음은 적어도 여태까지 내가 세우고 있던 가정과는 반대되는 모습이었기 때문이다.

'여자는 제물로 바쳐지는 게 아니었나?'

그 가정대로라면 분명 이 여자 역시도 제단으로 끌려가서 제물로 바쳐졌어야만 했다.

하지만 이 여자는 제단은커녕 살인마의 거처까지 옮겨지지도 못한 채 숲속에서 잔혹한 모습으로 살해되었다.

'뭔가 다른 조건이라도 있는 건가?'

"아직까진 확정지을 수 없겠군."

나는 본래의 가정에 일단 새로운 정보를 더하며 백금발

여자의 시체를 지나쳤다.

윤손하는 통쾌함인지 안타까움인지 모를 복잡한 표정으로 백금발 여자의 시체를 보다가 조금 늦게 따라붙었다.

조금 있다 도달한 공터 쪽에는 여전히 두 구의 시체가 남겨져있었다.

망치 살인마에게 머리통이 으깨진 남자의 시신과 내가 직접 숨통을 끊어주었던 붉은 머리 남자의 시신.

둘 중 한 구 정도는 사라지거나 최소한 난도질 같은 게 되어있진 않을까 생각했었는데 죽었을 당시의 멀쩡한 상태 그대로의 모습으로 남겨져 있었다.

'이 점도 다르군.'

내가 처음 마주했던 살인마는 자신이 처치한 희생자의 시체 중 하나를 끌고 가서 해체하며 절단된 신체 부위들을 수집하는 듯한 모습을 보여주었었다.

하지만 보아하니 망치 살인마와 곡궁 살인마 콤비는 신체 부위 수집 따위에는 그다지 관심이 없는 모양.

'살인마의 아이덴티티 같은 건가?'

머릿속으로 여러 가지 가정들이 복잡하게 떠오르며 얽혀 들어 갔지만 나는 간단히 결론을 내리며 곧 생각을 접었다.

지금 중요한 건 그런 확실치도 않은 가정 따위가 아니기 때문이었다.

'왠지 느낌이 좋지 않아. 아무래도 걸음을 좀 더 서두를 필요가 있겠어.'

시간이 가면 갈수록 본래 알고 있던 것과 점점 달라져가는 현실에 나는 1분 1초라도 더 빨리 제단의 사실 유무에 대해서 확인해야 한다고 생각했다.

더 시간을 끌다가는 이미 확정되어진 사실도 어떤 식으로 바뀌게 될지 알 수 없으니까.

"좀 더 서두르자."

"네."

페이스 업에 대해 경고한 나는 윤손하의 대답이 나오기도 전에 앞장서서 빠른 걸음으로 움직여가기 시작했다.

윤손하는 잠시 뒤처지는가 싶더니 이내 페이스에 적응하며 바짝 따라붙어와 주었다.

비교적 멀끔해 보이는 나의 모습과는 달리 그녀의 모습은 여기저기 생겨난 생채기들과 흘러내린 땀들로 인해 엉망이 된 모습이었지만, 나도 그녀도 그런 것 따위에는 신경 쓰지 않았다.

……그렇게 다시 20분 뒤 우리는 마침내 내가 첫 번째로 마주했던 갈고리 살인마의 거처로 도달할 수 있었다.

❖

"넌 여기서 기다려. 만약에 살인마가 나타나면……."

"상황 봐서 달아나거나 숨을 참는다. 기억하고 있어요."

"그래."

움직이는 동안 어느 정도 긴장이 풀린 건지 한결 나아진 목소리로 답하는 윤손하의 말에 나는 가볍게 고개를 끄덕이고는 나무 아래로 내려갔다.

그리고는 숨을 죽인 채 조금도 예민하게 주변의 공기와 흐름을 살펴본다.

"……."

을씨년스러운 풀벌레 소리만이 들려오는 고요함.

다행히도 살인마는 거처를 비운 모양이었다.

'또 다른 희생자가 잡힌 건가?'

뼈대만이 남은 통나무집의 안쪽으로 들어간 나는 작업대 위에 올려진 시체 한 구를 발견할 수 있었다.

내가 봤던 백인 남자의 그것과 마찬가지로 팔 다리가 잘리고 얼굴 거죽이 벗겨져 있는 시체. 피부색으로 보아 이번의 희생자는 인도권의 사람이었던 것으로 추정되었다.

분명 나나 윤손하의 무리에서는 발견할 수 없었던 인원.

'역시 이곳에는… 광장에서의 인원들이 모두 있을지도.'

끈적한 핏물이 새겨진 식칼이 흉흉한 형태로 박혀있는 작업대를 지나친 나는 뒤쪽의 공터로 향하며 생각했다.

'나와 윤손하의 경우로 보면 생존자의 그룹은 4인. 정말로 광장 인원이 다 건너온 거라면… 최소한 12개의 그룹이 만들어지는 셈이군. 그렇다는 건…….'

살인마도 12그룹이 있을 수 있다는 이야기.

그것은 꽤나 위협적인 이야기였다. 보통의 인간 따위는 가볍게 뛰어넘는 능력들을 지닌 살인마들이 한꺼번에 몰려든다니… 생각만 해도 아찔하지 않은가?

아무리 나라고 해도 그런 상황에서 목숨을 부지할 수 있을 리가 없었다.

심지어 놈들은 죽일 수조차 없는 존재들이 아닌가.

눈알 조각을 제단에 사용한다고 가정하면 앞으로 버텨야 할 시간은 기껏해야 1시간 정도였지만 살인마들의 숫자가 그렇게나 많다고 가정한다고 결코 안심할 수는 없었다.

12그룹이나 되는 살인마가 각자 자신의 영역에 있는 생존자들을 클리어하고 하나 둘씩 흘러나간 도망자들까지 처치하다보면 끝내는 우리들에게까지 포위망이 좁혀지는 건 당연한 수순이 될 테니까 말이다.

'제발 여기가 제단이 맞았으면 좋겠군.'

나는 드물게 조바심이 이는 것을 느꼈다.

만약 이곳이 물 건너가게 된다면 어떻게든 제단을 찾아서 움직여야만 했기 때문이었다.

살인마들이 몇 명이나 더 있는지 알 수 없는 마당에 어느 곳이든 섣불리 움직이는 것은 극도의 위험을 안게 된다는 뜻이었다.

생각하는 동안 나는 제단으로 추정되는 나무판의 바로 앞까지 도달할 수 있었다.

"후우."

가볍게 호흡하며 탁한 숨을 토해낸 나는 시커멓게 말라 붙은 사람 몸 형태의 흔적이 새겨진 나무판을 보다가 주머니에 손을 넣어 피로 물든 눈알 조각을 꺼내어 들었다.

그리고 바로 다음 순간이었다.

[제단의 사용 범위에 들어섰습니다. 피로 물든 눈알 조각을 사용할 수 있게 됩니다. 단, 이미 사용된 제단에서는 조각의 효과를 볼 수가 없으니 주의하시길.]

눈앞으로 떠오르는 메시지 박스.

그 뒤를 이어 짤막한 경고문이 붉은색의 글귀로 새겨진다.

〈이 제단은 이미 사용되었습니다.〉

〈바쳐진 제물: 요녀〉

경고문을 보자마자 나는 미간을 좁혔다. 제단의 유무를 확인한 건 좋았지만 반대로 희망은 사라지는 느낌이었기 때문이었다.

하지만 나는 거기에 낙심하고 있을 틈이 없었다.

번쩍!

"헛!"

머릿속이 하얗게 밝아지는 느낌과 함께 무언가 새로운 지식이 주입되어왔던 것이다.

'…이건!'

주입되어진 지식은 다름 아닌 제단에 관한 것.

그리고 희생자와 관련된 것이었다.

-제단에 바쳐지는 인원은 이미 정해져 있다.

-겁쟁이, 영웅, 요녀, 학자, 범죄자, 처녀의 특성을 지닌 이들. 살인마들의 목적은 이들을 모두 제물로 바치는 것이다.

머릿속에 새겨진 새로운 지식.

그와 동시에 귓가로 띠링! 하는 소리가 들리며 직사각형의 메시지 박스가 떠올랐다.

[생존 단서 2. 피로 물든 눈알 조각은 '제물' 과 관련이 있을 지도 모른다. 피로 물든 눈알 조각을 생성할 수 있는 조건은 어쩌면…….]

두 번째로 얻게 된 생존의 단서.

확정하지 않고 가정의 뉘앙스로 마무리 된 단서였지만 굳이 그 뒤의 내용이 없어도 나는 확신에 가까운 진실을 끌어낼 수 있었다.

'이곳에 바쳐진 건 요녀. 그때 제물로 바쳐졌던 여자다.'

나를 보자마자 자신의 몸을 내세우며 매달려왔던 여자.

그녀가 보여주었던 모습이라면 충분히 '요녀' 라는 타이틀이 붙을 법 했다.

"그렇다는 건… 역시 조각은 제물에서 나온다는 건가."

틀림없었다. 조각은 내가 붉은 머리 남자를 죽인 뒤에 생겨났었고, 그가 보여주었던 모습은… 분명 제물로 선정된 이들 중 하나인 '겁쟁이' 의 특성과 맞아떨어졌다.

"조각을 더 얻기 위해서는 제물로 선정된 이들을 먼저 죽여야만 하는 거로군."

손바닥에 올려진 채 요사스럽게 번들거리고 있는 눈알 조각을 내려다보던 나는 그것을 주머니 속으로 다시 집어넣었다.

"후우, 제길."

한숨과 함께 이미 사용된 제단을 쳐다본 나는 이내 미련을 버리고 살인마의 거처를 빠져나왔다.

"수고하셨습니다."

윤손하가 은신 하고 있던 나무를 슬쩍 지나치며 손짓을 하자 그녀가 조용히 내려와 다가오며 말한다.

거기에 가볍게 고개를 끄덕여 주며 잠시 생각을 정리하던 나는 이내 선언하듯 말했다.

"다시 움직여야 해."

"…알겠어요."

무거워진 나의 목소리로부터 뭔가를 눈치 채기라도 한 것일까? 윤손하가 다시 긴장이 가득한 목소리로 답한다.

"너희들이 시작했던 곳을 기억해?"

"네. 낡은 통나무집이었어요."

"우린 우선 거기로 돌아간다."

"예? 하지만 저는 거기까지 가는 길을 잘 모르는…."

단호한 나의 말에 조금은 겁을 먹을 듯한 표정으로 얼버무리려는 윤손하. 하지만 나는 그녀의 말에 채 끝까지 이어지기도 전에 재차 말했다.

"공터까지 돌아가면 기억할 수 있겠지."

대답 따위는 듣지 않겠다는 식의 선고.

그에 말을 잇지 못하고 입술만 벙긋거리던 윤손하는 이내 낙심하며 고개를 끄덕였다.

"…네."

나는 만족의 미소를 지어주며 목적지를 향해 앞장서서 걷기 시작했다. 그리고는 생각하는 것이다.

'아무래도 예감이 영 좋지 않아.'

불길함이 서서히 기어들고 있는 듯한 같은 느낌.

처음에 비해 한층 더 무겁고 농밀해진 공기에 나는 이를 악물며 걸음의 속도에 박차를 가했다.

'우선은… 그 콤비 살인마들의 거처를 찾아야만 해.'

제단이 각 살인마들의 거처에 있다고 가정한다면 콤비 살인마들의 거처는 분명 아직은 사용되지 않았을 가능성이 크기 때문이었다.

'놈들이 노리고 있던 타겟은 내가 빼앗았으니까.'

그리고 분명 놈들의 거처는 윤손하 무리들이 시작했던 지점으로부터 그리 멀리 떨어지지 않은 장소에 위치하고 있을 것이었다.

❖

"후우우…."

어스름이 내린 숲속을 지나 조금은 트인 공간으로 들어서자 윤손하가 마침내 참아왔던 숨을 내쉰다. 하지만 그녀의 호흡은 금세 긴장으로 물들어가기 시작했다.

"…여기예요."

그녀와 동료들이 처음 시작했던 그곳. 살인마들과 최초로 조우하게 되었던 산장이 눈앞에 있었기 때문이었다.

"저 안에서 시작했다고?"

"네. 저희 네 명 모두 저 산장 안에서 시작되었어요."

윤손하의 대답에 나는 산장으로 시선을 향했다.

나의 그룹이 시작되었던 장소에 비하면 상당히 깔끔하면서도 튼튼해 보이는 외형의 산장이 눈앞에 서있다.

잠시 건물의 외형을 크게 둘러보던 나는 반쯤 열려진 채 덜렁거리는 산장의 문 쪽으로 발걸음을 옮기며 말했다.

"잠시 근처에 숨어서 망을 좀 봐줘. 난 안을 좀 살펴봐야겠어."

"알겠어요."

불안함에 쉼없이 주변을 살피면서도 순순히 고개를 끄덕이는 윤손하.

나는 그녀의 대답이 떨어지기도 전에 산장의 안쪽으로 들어서고 있었다.

딸칵-

버튼을 누르자 순백색의 LED손전등 불빛이 산장의 내부를 밝힌다.

"이건… 생각보다 더 깔끔한데?"

불빛에 비추어진 산장의 내부는 내가 예상했던 것보다 훨씬 더 깔끔했다.

내가 시작했던 산장에 비하면 규모부터가 이미 2배만큼 컸지만 그런 공간들이 전혀 허전하게 느껴지지 않을 만큼 산장은 각종 가구며 생필품 등으로 가득 차 있었다.

마치 얼마 전까지 사람이 살았던 것처럼.

책상, 책장, 식탁, 의자, 침대 등등 모든 것이 알뜰하게 갖추어져 있는 산장의 내부는 조금 어질러져 있었는데, 그 위로 옅게 흩어진 먼지들이 최근에 만들어진 흔적임을 증명해주고 있었다.

'눈을 뜨자마자 혼란에 빠졌다고 했었지?'

이곳까지 오며 윤손하로부터 들었던 말에 의하면 그녀의 그룹은 산장 내부에서 깨어났었으며, 좁은 공간에서 서로를 마주하자마자 패닉에 빠졌었다고 했다.

하기사… 서로의 윤곽만을 겨우 가늠할 수 있는 어둠 속에서 침착할 수 있는 사람은 그리 흔치 않을 테니까.

'저기 넘어진 의자랑 기울어진 옷걸이. 그리고 어질러진 책장은 모두 다 혼란의 여파겠군.'

남겨진 흔적들만으로도 당시의 상황을 사실에 더 없이 가깝게 읽어낸 나는 다시 한 번 크게 내부를 훑어낸 뒤 책장 쪽으로 다가갔다.

"!"

충격으로 어질러져 책상과 바닥 등으로 흘러내린 서적들의 틈에서 꽤나 익숙한 디자인의 책을 발견할 수 있었기 때문이었다.

'…다이어리?'

생존의 단서를 얻을 수 있었던 사냥꾼의 다이어리와 색깔을 제외한 모든 특성이 일치하는 책자. 나는 망설임 없이 손을 뻗어 어지럽게 널려진 서적들 속에서 그것을 집어 들었다.

파라라락-

곧장 책장을 펼치자 사냥꾼의 다이어리와 마찬가지로 빼곡한 글귀와 그림들이 새겨져 있는 누런색의 페이지들이 드러난다.

'이번엔 악마인가?'

이번에 발견한 다이어리에는 악령이나 악마에 관련된 정보와 그들의 역사와 퇴치법에 대한 정보들이 담겨 있었다.

괴물 사냥꾼의 그것이라기보다는 십자가를 들고 퇴마를 행하는 신부의 모습이 더 깊게 연상되는 내용들.

이번의 내용에도 흥미가 가지 않는 것은 아니었지만 나는 애써 호기심을 가라앉히고서 곧장 내용이 새겨진 다이어리의 가장 마지막 페이지를 펼쳤다.

그리고…….

"…뭐라고!?"

딱딱한 필체로 새겨진 글귀의 내용을 확인한 순간 나는 눈을 크게 치켜뜰 수밖에 없었다. 그야말로 혹할 수밖에 없는 내용이 글귀에 담겨 있었기 때문이었다.

『이 끔찍한 지옥으로부터 탈출하기 위해서는…….』

"어? 벌써 끝난 거예요?"

들어간 지 5분도 지나지 않아서 다시 밖으로 나온 나의 모습에 윤손하가 동그란 눈을 한 채로 물어온다. 나는 대충 고개를 끄덕여주고는 그녀에게로 낚시줄 묶음을 건네었다.

"…이건?"

"낚시줄이야. 이런 숲속에서는 사용하기에 따라서 치명적으로 작용할 수 있는 함정을 만들어낼 수 있지. 만약 살인마에게 쫓기는 상황이 온다면 놈들을 따돌리기 위해 그걸 활용해보는 것도 좋을 거야.”

“아하….”

제대로 알아듣긴 한 건지 바보 같은 표정으로 고개를 주억거리는 윤손하였지만 나는 그 이상 그녀에게 신경을 쓸 겨를이 없었다.

산장에서 찾아낸 다이어리로부터 습득한 내용들이 어지럽게 머릿속을 휘저어왔기 때문이었다.

그것은 어쩌면 지금까지 내가 세워왔던 계획들을 송두리째 바꾸어낼 수도 있는 내용이었다.

‘설마 별도의 탈출 방법이 있을 줄이야….’

예상대로 자신의 직업이 퇴마사이자 신부임을 밝힌 다이어리의 주인은 자그마치 아홉 장이나 되는 페이지를 사용하여 이곳에서의 생존을 간략하게 기술하고 있었는데, 그 내용이 무척이나 사실적이면서도 알찼다.

아주 오래 전에 죽은 것처럼 보이는 사냥꾼과는 달리 신부는 꽤나 최근까지 살아남았던 것으로 추정되는데 페이지에 남겨진 내용에 의하면 그는 무려 한 달 동안이나 이곳에서 살아남았던 모양이었다.

산장을 거점으로 삼아 한 달 동안이나 버텨낸 것이다.

심지어 그는 무력하게 갇혀있거나 절망에 빠지지 않고서 살아남기 위해 쉼 없이 노력했다.

불사의 살인마들이 돌아다니는 이 지옥 같은 숲으로부터 벗어나기 위해 그 자신의 목숨을 대가 삼아 숲속의 구석구석까지 탐험해왔던 것이다.

그 과정에서 그는 왼쪽 손목을 잃고 우측 눈알을 잃었으며, 좌측 다리 관절이 완전히 어긋나는 부상을 비롯해 크고 작은 수많은 생채기들을 얻게 되었지만, 그 처절함을 딛고 끝끝내 살아남은 그는 마침내 숲에 남겨진 단서들을 통해 비밀을 풀어낼 수가 있었다.

특정한 상황을 만족시키면 이 지옥을 빠져나갈 수 있는 '통로' 가 열린다는 사실을 말이다.

하지만 그 모든 것을 알아냈을 때 그는 이미 더 이상 어떠한 도전도 할 수 없는 만신창이의 몸이 되어 있었다.

때문에 그는 다이어리에 자신이 알고 있는 모든 내용들을 새긴 뒤 스스로 목을 매어 자살을 한 것이다.

결국 그것은 끝내 지옥을 벗어나지 못한 자신에 대한 아쉬움과 원통함 마음을 담은 유서이자 유산이었다.

'고맙다고 해야 하나?'

무심코 그런 생각이 떠오를 만큼 신부의 마지막 일지에 담긴 내용은 유용한 것이었다.

"……."

나는 주머니 속에 손을 넣어 피로 물든 눈알 조각을 움켜쥐었다.

손바닥 안에 꽉 들어차는 듯한 느낌.

그 충만감에 나는 회심의 미소를 머금으며 새롭게 얻은 단서에 대한 내용을 떠올렸다.

-피로 물든 눈알 조각을 강하게 움켜쥐고서 정신을 집중하면 눈알로부터 붉은색의 선이 뻗어 나오며 그 끝을 따라가면 또 다른 조각과 조우할 수 있다.

신부의 다이어리로부터 얻은 정보들 중에 가장 핵심적이면서도 유용한 정보.

나는 왠지 모르게 뻐근해진 어깨를 주무르며 시간을 가늠했다.

톱스타의 킬링필드

Hell is coming

chapter 4. 탈출

"남은 시간은 앞으로 2시간 정도인가…."

본래의 계획대로라면 어서 빈 제단을 찾아내서 조각을 사용해야만 했지만 나는 그 모든 계획들을 다시 한 번 비틀어 보기로 했다.

그 만큼이나 신부의 다이어리에 담겨진 내용은 유용한 부분이 있었던 것이다.

[생존 단서 3. 피로 물든 눈알 조각을 사용해 3개의 제단을 밝혀지면 '통로' 가 열리며 그곳으로 향하는 표식이 생겨난다.]

정말로는 새벽이 언제쯤에나 찾아올지 모르는 상황 속에서 결코 넘겨버릴 수 없는 매혹적인 정보였다.

"…좋아."

결론을 내린 나는 지금껏 세웠던 모든 계획들을 머릿속에서 깨끗이 비워냈다. 얻게 된 정보만큼이나 새로워진 계획을 세울 필요가 있었기 때문이었다.

그리고… 그 계획은 결코 혼자의 힘만으로는 행할 수 없는 것이었다.

"잠깐 따라와 봐."

"에엣?"

나는 탐색을 향해 나아가려던 발걸음을 멈춘 뒤 윤손하의 손목을 잡아끌어 산장으로 들어갔다. 그녀는 당황한 표정이었지만 그럼에도 순순히 따르는 모습이었다.

"……."

"……."

어둠만이 자리한 산장으로 들어와 창문이 있는 근처의 구석진 곳으로 자리를 잡은 나는 잠깐 호흡을 골랐다.

이제부터 윤손하에게 들려주게 될 이야기는 아무리 간추려도 단지 몇 마디로 짧게 끝맺을 수 있을만한 내용은 아니었으니까 말이다.

뭔가 착각이라도 한 걸까? 여전히 손목이 잡힌 채로 묘하게 부끄러워하는 듯한 그녀의 반응에 나는 자연스럽게 손목을 놓아주며 입을 열었다.

"잘 들어. 이건… 너에게도 중요한 이야기가 될 테니까."

"아… 네."

아쉬운 표정을 하면서도 순순히 고개를 끄덕여오는 윤손하.

그녀를 무심한 시선으로 쳐다보며 나는 머릿속에 새롭게 정립되어진 계획과 지금껏 내가 알아낸 단서들에 대해서 차분히 늘어놓았다.

이야기가 진행됨에 따라 윤손하는 "아…." 또는 "그런…!" 따위의 추임새를 토하며 점차 몰입된 표정으로 바뀌어가고 있었다.

그리고 마침내 모든 계획들과 그녀에게 주어지게 될 '역할'에 대해서 말한 순간 그녀의 눈은 어느 때보다도 더 크게 치켜떠졌다.

❖

"후우."

윤손하와의 짧은 대화가 있은 뒤로 다시 30분이라는 시간이 지났다.

짧다면 짧고 또 길다면 길다고도 할 수 있는 시간.

그 애매한 시간동안 윤손하와 나는 꽤나 많은 성과를 거두어낼 수 있었다.

우선적으로 좀비 살인마의 거처를 찾아내어 그곳의 제단이 사용할 수 있는 '빈' 제단이라는 것을 확인했으며, 우연찮게 발견할 수 있었던 새로운 생존자 무리들과 그들을 쫓는 살인마들의 모습에서 근방에 미치는 어느 정도의 영역을 구분해낼 수 있었던 것이다.

그리고… 지금 우리는 좀비 살인마의 거처가 있는 장소로부터 뛰어도 족히 10분은 걸리는 거리의 나무 위로 몸을 숨기고 있었다.

새로운 계획의 '핵심' 이라고도 할 수 있는 일을 행하기 위해서였다.

"…정말로 해야 하는 건가요?"

활을 꺼내어 들어 화살을 쥔 채로 윤손하가 내키지 않는다는 듯한 표정을 지어 보인다.

나는 감정 없는 눈으로 그녀를 보며 말했다.

"못 하겠으면 그거 나한테 주던가."

"으으…."

어떤 기대감조차 비치지 않는 나의 반응에 윤손하는 신음을 머금으며 괴로워하는 모습이었다.

마치 나를 실망시켜서 송구스럽기까지 하다는 듯한 반응.

하지만 사실을 말하자면 나는 정말로 아무런 감정의 기복이 없었다. 그녀가 속해있는 계획을 세우기 시작한 그 순간부터 못 할지도 모른다는 가정 정도는 해두고 있었기 때문이었다.

'살인이 쉬운 일은 아니니까.'

내가 윤손하에게 주문한 것은 다름 아닌 살인이었다.

딱히 시체를 난도질 하라는 것도 아니고 단순하게 화살을 쏘아 지정한 대상의 숨통을 끊어내라는 간단한 주문이었지만, 평범한 일반인이었을 그녀에게 살인이라는 행위가 손쉽게 받아들여 질리는 없는 것이다.

고뇌하는 윤손하를 보며 나는 다시 말했다.

"빨리 결정해. 보다시피 시간은 그리 많지 않아."

"하지만…."

"하지만 따위는 없어. 오로지 'YES' 아니면 'NO' 둘 중에 하나만 답하라고. 예스야 노야?"

재촉에 말에 윤손하의 표정을 더욱더 조바심으로 물들어 간다. 그러는 사이에도 하염없이 흘러가는 시간. 힐끗 시선을 돌려 '핵심' 이 될 존재의 상태를 확인한 나는 손목을 툭툭 두드리며 시간이 없다는 듯한 제스처를 취했다.

"아…!"

나의 손짓에 윤손하의 시선이 '타겟' 을 향했다.

그녀가 제거해야만 할 대상이자, 이 끔찍한 지옥의 일방적인 희생자일 수밖에 없는 이의 모습을 확인하는 것이다.

나는 재차 물었다.

"YES or NO?"

마지막 통첩과도 같은 물음.

실제로 더 이상 지체할 경우 나는 강제로라도 그녀의 활을 빼앗아들 생각이었다.

'눈앞에서 열쇠 중 하나를 놓칠 수는 없으니까.'

나는 차분히 마음을 가라앉힌 채로 윤손하의 대답을 기다렸다. 그리고 바로 다음 순간 그녀의 입술이 힘겹게 열렸다.

"하, 할게요. 제가… 제가 할 수 있어요."

"좋아."

나는 고개를 끄덕이며 그녀로부터 기세를 물렸다.

이번 계획의 중추라고도 할 수 있는 그녀가 가장 중요한 마음가짐을 바꾸었으니 이제는 원활하게 맡은 바의 임무를 수행할 수 있도록 분위기를 만들어주는 것이다.

"하아아… 후우…."

의도적으로 크게 심호흡을 하며 입술을 질끈 깨무는 윤손하. 그 모습은 한없이 불안해보였지만 나는 걱정하지 않았다.

그녀와 같은 타입의 인간은 무언가를 행하기에 앞서 한없이 망설이며 고민할지언정 일단 한번 결정한 일에 대해서는 확고하게 밀고나간다는 것을 알기 때문이었다.

"……."

예상대로 금세 평정을 되찾은 윤손하는 이내 어떠한 망설임도 없는 태도로 활대에 걸어두었던 화살을 더욱 꽉 움켜쥐며 활시위를 머금었다.

"흐읍…."

시위를 당기는 것과 동시에 타겟을 겨냥하며 호흡까지 통제하는 숙련된 자세.

'멋지군.'

솔직한 나의 감탄이 뇌리를 헤집는 것과 동시에 최고의 집중력을 머금은 윤손하의 시선이 타겟의 미간으로 자신만이 보이는 붉은색의 과녁을 새겼다.

그리고…….

쐐애애애액-

최고조로 당겨졌던 활시위만큼이나 매서운 파공성을 머금은 화살이 일직선으로 날아 타겟을 향해 쇄도했다.

평범한 인간은 물론이고 설령 나라고 할지라도 무방비 상태에서 당할 경우에는 팔 한쪽 정도는 내어줄 각오를 해야할 만큼 빠르고 정확한 화살.

푸욱-!

화살은 기대했던 데로 정확히 타겟의 머리를 꿰뚫었다.

걱정이 무색해질 만큼 정확하고 깔끔하게 '암살'을 성공한 것이다.

이로서 윤손하는 자신의 손으로는 처음으로 '살인'을 행하게 되었다. 하지만 그것은 동시에 스스로의 손으로 숨통을 끊어낸 누군가에게로 행한 '구원'이기도 했다.

그녀가 노리고 죽이는데 성공하기까지 한 대상은 다음 아닌 희생자였기 때문이다.

그것도 제단에 바쳐지기 직전의 '제물' 인 희생자였다.

"잘했어."

여전히 경직된 표정을 짓고 있는 윤손하의 어깨를 가볍게 터치하며 나는 칭찬의 말을 건넸다.

멀리 떨어져 있는 대상을 죽인 것에 불과할 뿐인데도 첫 번째의 살인이기 때문인지 굳어진 표정을 풀지 못하는 그녀의 반응에 나는 분위기를 환기시키듯 어깨를 꽉 쥐며 말했다.

"그건 얻었어?"

"아… 네. 얻었어요."

멍한 표정으로 있다가 화들짝 놀라며 답하는 윤손하.

계획이 차질 없이 진행되고 있음을 알려오는 그녀의 대답에 나는 만족에 찬 미소를 머금으며 속삭이듯 말했다.

"좋아. 그럼… 잘 부탁한다."

모든 믿음을 담은 채 전하는 당부의 말.

"끼아아아아-!"

동시에 들려오는 소름끼치는 마녀의 귀곡성을 들으며 나는 윤손하로부터 완전히 물러나 소리 없이 나무 아래까지 내려섰다.

타닥-

지면을 딛는 것과 동시에 미리 봐두었던 덤불로 몸을 숨기자 새롭게 발견한 살인마의 거처가 더욱더 선명하게 비추어졌다.

"끄흑! 끅! 끼익! 끼아아아악!"

다른 살인마들의 그것과 달리 휑한 공터 위에 오로지 제단만이 우뚝 솟아있던 살인마의 거처로는 마녀의 그것과 같이 우중충하면서도 지저분한 복장을 한 '여성 살인마'가 식칼을 휘두르며 발광하고 있었다.

그리고… 그녀는 명백하게 윤손하가 있는 방향으로 적의를 쏘아내고 있었다.

"좋아. 계획대로군."

나는 회심의 미소를 머금었다. 일이 아주 순조롭게 흘러가주고 있었기 때문이었다.

앞으로의 계획을 위해서 나는 움직임이 조금이라도 제한되어서는 곤란했다.

그래서 입안한 것이 윤손하가 시선을 끄는 역할을 맡는 것이었는데… 그녀가 맡은 바의 임무를 아주 잘 이행해주고 있었던 것이다.

계획을 세울 당시에는 화가 난 살인마가 근처에 있는 대상을 랜덤하게 추석해온다거나 혹은 모든 살인마들에게 쫓기는 낙인 같은 거라도 찍으면 어쩌나 했는데… 다행히도 여성 살인마는 오로지 윤손하에게만 시선이 쏠린 것 같았다.

"캬아아아악!"

식칼을 든 채로 마치 짐승이라도 된 것처럼 민첩한 움직임으로 윤손하에게로 뛰어가는 여성 살인마.

그 모습은 단지 보는 것만으로도 오금이 저려올 만큼 섬뜩한 장면이었지만 윤손하는 침착하게 옆쪽의 나무로 건너가 나뭇가지들을 밟고 바닥으로 무사히 착지했다.

"키익? 끼야아아!"

모습을 드러낸 윤손하의 모습에 여성 살인마는 특유의 귀곡성을 터뜨리며 덮쳐들려고 했지만 그녀의 몸은 더 이상 나아가지 못한 채 바닥으로 나동그라졌다.

이런 일도 있을까 해서 미리 준비해둔 낚시줄 함정들이 제 역할을 다해주면서 여성 살인마의 움직임을 방해하고 있었던 것이다.

"캬아아아악!"

여성 살인마는 넘어지자마자 곧장 튀어오르며 윤손하에게 적의를 표출했지만 안타깝게도 그녀의 앞에는 또 하나의 함정이 존재하고 있었다.

목 쪽을 겨냥했던 함정과는 반대로 발목 쪽을 겨냥한 낚시줄 함정이 여성 살인마의 발목으로 얽혀들며 여성 살인마는 다시 한 번 흙바닥에 나동그라졌다.

그리고 그 시간은 윤손하가 몸을 빼기에는 충분한 시간.

바닥에 내려오자마자 내가 있는 방향으로 시선을 향하며

믿음직한 얼굴로 고개를 끄덕여 보인 윤손하는 곧장 등을 돌려 숲속의 너머로 사라졌다.

그녀는 당초 예상했던 것보다 훨씬 더 훌륭하게 자신의 역할을 소화하고 있었던 것이다.

"끼아악! 키힉! 캬하아아악!"

잔뜩 약이 오른 여성 살인마가 윤손하의 뒤를 쫓아갔지만 아마 그녀라면 무사히 살인마를 따돌리고 달아날 수 있을 것이었다.

낚시줄 함정은 이 근처에만 설치해 둔 게 아니니까.

그녀는 제 시간 내에 자신이 있어야 할 장소로 가서 자신의 맡은 바의 일을 제대로 수행해줄 것이었다.

'조각 생성 조건에 대한 가정도 맞아떨어졌으니….'

꼭 검이나 창 따위의 직접적인 무기가 아니라 화살을 통한 원거리 저격을 사용해 '제물'을 죽일 경우에도 피로 물든 눈알 조각이 생성될 거라는 나의 가정은 훌륭하게 맞아떨어졌다.

덕분에 현재 윤손하는 내가 지니고 있는 것이 아닌 또 다른 눈알 조각을 지니고 있었다.

반 시체가 되어 여성 살인마에게 발목이 잡혀 질질 끌려오면서도 이를 악물며 반항을 하려던 모습을 고려해보면 분명 '영웅'의 특성을 지니고 있었을 남자를 제물로 바쳐지기 전에 저격해 살해한 것은 다름 아닌 그녀였기 때문이었다.

눈앞에 생성된 조각을 낚아챘던 나의 경우와 달리 윤손하의 경우 주머니 속에 불룩 하며 생성되어진 것을 꺼내어서 확인시켜주었다.

'이로서 습득한 눈알 조각은 총 2개.'

목적을 위해 필요한 개수까지는 앞으로 1개만이 남은 상태였다.

"이걸로 반은 왔군."

윤손하와 여성 살인마의 기척이 완전히 사라지자마자 나는 덤불에서 빠져나와 제단 쪽으로 다가갔다.

〈이 제단은 사용할 수 있습니다.〉

〈지금 탈다람의 불빛을 밝히겠습니까?〉

조각을 가까이 가져가자 떠오르는 글귀의 내용은 계획이 계속해서 순조롭게 이어지고 있음을 나타내어주고 있었다.

"좋군."

이걸로 우리는 2개의 눈알 조각과 2개의 제단을 확보한 상태였다.

목표까지는 앞으로 고작 한 걸음 뿐.

"이게 정말로 옳은 계획인지는 모르겠지만……."

이미 여기까지 온 마당에 맥없이 물러설 수는 없었다. 가볍게 심호흡을 한 뒤 눈알 조각을 손바닥 전체로 강하게 움켜쥔 나는 정신을 집중시키며 '타겟' 을 떠올렸다.

나와 윤손하가 지니고 있지 않은 또 다른 눈알 조각을 품고 있을 '제물'의 기척을 말이다.

스으으…

정신을 집중하고 몰입하자마자 곧장 시야가 흐려지며 머릿속으로 어딘가의 장소가 희미하게 떠올랐다.

그곳으로 응시하며 더욱더 몰입하자 나는 어느 순간 발밑이 붕 떠오르는 것 같은 부유감에 잦아드는 것을 느꼈다. 그리고 이내, 나는 마치 꿈을 꾸는 것처럼 선명한 환영 속으로 접어들었다.

❖

"허억… 허억…."

거친 숨을 몰아쉬며 컴컴한 동굴 구석에 진흙범벅이 된 얼굴로 몸을 숨기고 있는 남자.

언뜻 보기로 40대 초반 정도 되어 보이는 얼굴의 남자는 눈동자 속 가득 두려움을 머금고 있으면서도 차분해지기 위해 노력하고 있는 모습이었다.

그렇게 약 5초 정도가 지났을까?

"크헤에에…."

거북한 신음성과 함께 살인마가 모습을 드러냈다.

2미터 정도 되어 보이는 체구에 회색빛 근육질의 상체를 과감하게 드러내고 있는 살인마.

머리에는 삼각뿔 모양의 투구를 뒤집어쓰고 아래로는 시커먼 거적때기를 치마처럼 입고 있는 살인마는 자신의 신장에 육박할 만큼 거대한 대검을 들고 있었는데, 핏물이 말라붙어 있는 무겁고 투박한 검신을 땅바닥에 질질 끌고 다니고 있었다.

누구든 걸리기만 하면 대검을 휘둘러 아예 반쪽으로 쪼개버릴 것만 같은 박력을 지닌 모습.

"크흐으…."

대검 살인마는 동굴 안쪽으로 들어와 남자의 바로 근처까지 다가왔지만 끝내 그를 발견하진 못했다.

진흙으로 체온과 체향을 가림은 물론 호흡까지 멈추며 기척 자체를 완전히 지워냈기 때문이었다.

"카후욱!"

결국 허탕만 친 대검 살인마는 신경질적인 소리와 함께 돌아서서 동굴 밖으로 사라져 갔다.

"…푸하아! 허억, 후우욱…!"

꽤나 긴 시간동안 숨을 참았기 때문일까.

살인마가 사라지자마자 다시 거칠게 숨을 몰아쉬며 괴로운 표정을 짓는 남자. 그는 그대로 웅크린 채 호흡을 가다듬고 있었다.

❖

“이번엔 학자인가?”

눈알 조각의 환영에 비추어졌다는 것은 분명 제물의 특성을 지닌 이들 중 하나라는 뜻.

여섯 종류의 특성 중 제거된 이는 영웅, 겁쟁이, 요녀까지 총 3명이었다.

남은 특성은 학자, 범죄자, 처녀뿐이니 그 중에서 방금의 환영에 비추어졌던 남자가 보여주었던 모습과 가장 잘 들어맞는 건 학자 밖에는 없는 것이다.

“뭐가 됐든 아무래도 상관은 없지만.”

어떤 특성을 지닌 이든 결국에는 내 손으로 죽여야만 할 대상일 뿐이었다.

피로 물든 눈알 조각을 다시 주머니 속으로 집어넣은 나는 창을 비스듬히 움켜쥔 채로 공터를 벗어나 숲속으로 뛰어 들었다.

타겟이 있는 위치에 대해 걱정할 필요는 없었다.

삐이잉-

눈앞으로 나만이 보이는 붉은색의 화살표가 실선처럼 길게 이어지며 환영 속에서 보았던 남자가 있는 곳까지 친절하게 안내해주고 있었기 때문이었다.

❖

"후우우…."

소리 없이 숨을 내쉬며 참아왔던 만큼이나 가빠진 호흡을 가다듬는다. 그리고 나는 혈향이 느껴지는 숲길의 방향을 말없이 응시하다 천천히 숨기고 있던 몸을 일으켜 세웠다.

불과 1분 전에 코앞으로 살인마가 지나쳐 갔기 때문이었다.

낡고 헤진 신부복 차림에 한손에는 밧줄을 또 한손에는 손도끼를 들고 있던 살인마.

언뜻 보기에는 그저 마른 체형을 지닌 사람처럼 보이던 살인마는 아래턱이 없었으며 늘어뜨려진 혓바닥이 가슴께까지 늘어뜨려져 있었다.

'아마도 그 백금발 여자를 죽인 녀석인 것 같군.'

밧줄과 손도끼라니… 누군가의 최후가 연상되지 않는가?

놈은 윤손하를 배신하고 홀로 달아났던 그 백금발 여자에게로 비참한 최후를 안긴 녀석이 틀림없었다.

'그것 이전에 어쩌면 그 다이어리의 주인인지도 모르겠지만.'

낡고 헤져있다고는 해도 명백한 기품이 느껴지는 검은색의 신부복을 입고 있는데다가 가슴께까지 늘어뜨려진 혓바닥이라니… 명백하게 질식하여 죽은 시체와도 같은 모습의 외형이었다.

"그나저나… 역시 점점 살인마와 마주치는 빈도가 늘어나고 있어."

몸을 일으켜 세우며 추적에 대한 것을 인식하자마자 다시 반짝하며 안내선을 제시하는 붉은색의 화살표.

그것을 보며 한숨과 함께 걸음을 옮기던 나는 대강의 시간을 가늠했다. 당초에 예상했던 것보다 훨씬 더 시간이 지체되고 있었기 때문이었다.

살인마와 마주치는 빈도가 늘어나고 있다.

그것은 명백한 사실이었다.

타겟을 추적하기 위해 움직이는 20여분 동안 무려 다섯 번이나 살인마와 마주쳤기 때문이었다.

뭔가 자신만의 영역이 있는 것처럼 특정 지역만을 돌아다니는 것처럼 보이던 살인마들은 이제 지역 전체를 구분없이 돌아다니는 듯한 느낌이었으며 다른 종류의 살인마들이 함께 돌아다니는 모습까지 보여주고 있었다.

거기에서 예상할 수 있는 답은 이 지옥 같은 장소 전체에 널리 퍼져있던 생존자들의 대부분이 죽어버렸을 가능성이 높다는 뜻.

자신의 영역에 있는 생존자들을 모조리 죽이거나 전리품을 삼아 처리한 살인마들은 자신의 영역을 넘어서서 숲속 전체를 폭 넓게 돌아다니고 있었다.

"아찔하구만."

나는 한숨을 머금었다.

탈출이라는 목표를 위해서는 지금까지보다 수배는 위험한 상황으로 몸을 던져야만 하게 될 텐데 벌써부터 제약이 심해지고 있는 느낌이었기 때문이었다.

사실 계획대로라면 지금쯤 벌써 그 학자 놈을 잡아서 처리한 뒤 3개째의 눈알 조각을 습득했어야만 했다.

'하지만 나는 아직 놈의 꽁무니조차 보지 못 했지.'

학자라는 특성을 지니고 있기 때문일까? 놈은 이렇게 위험한 상황에서도 꽤나 영리하게 잘 도망 다니고 있는 것처럼 보였다.

그렇지 않았다면 아무리 살인마들의 방해가 있다고 하더라도 거의 30분이 다 되는 시간동안 마주치지 못 했을 리가 없었으니까 말이다.

'그나마 다행인 건 빈 제단을 하나 더 발견했다고 점인가?'

살인마들을 피해 움직이느라 계속해서 틀어지는 경로를 따라 움직이던 나는 여성 살인마가 있던 제단으로부터 약 300미터 정도 떨어진 지점에서 또 다른 살인마의 제단을 발견할 수 있었다.

그 제단의 주인이 어떤 살인마인지는 알 수 없었지만 그것이 비어있으며 사용이 가능하다는 것은 확인했으니 수확이라면 수확이었다. 이제는 정말로 학자가 지니고 있을 눈알 조각만 회수하면 모든 조건이 갖추어지는 셈이니까 말이다.

"조금 더 서두르는 편이 좋겠어."

이제 불과 몇 분 뒤면 윤손하가 계획을 따라 움직임을 보일 것이기 때문이었다. 위 아래로 몇분 정도의 차이는 발생할 수 있겠지만 그녀의 감각이라면 분명 약속된 시간에 맞추어 행동에 나서줄 것이었다.

'그러니까 이제 남은 건 내 역할 뿐이지.'

그렇게 각오를 다지며 붉은색 화살표의 안내선을 따라 신속한 걸음을 움직여가고 있을 때였다.

[끼이이이익-!]

"컥!"

광장에서도 느껴본 적이 있던 날카로운 소음이 귓가를 테러했다.

그와 동시에 눈앞의 공간으로 피어오르는 글귀들.

〈새벽이 오기까지 1시간이 남았습니다.〉

〈지금부터 살인마들은 생존자들을 인식하는 범위가 넓어집니다.〉

글귀는 지금까지 이어져온 생존의 난이도가 한 단계 더

올라가게 됨을 말하고 있었다.

어떤 방식으로든 지금까지 살아남은 이들을 다시 한 번 솎아내겠다는 듯한 의도를 지니고 있는 내용.

"…제길."

나는 욕설을 머금었다. 아직 계획의 마지막 조각을 습득하지 못한 시점에서 무척이나 성가신 패널티가 발생한 셈이었기 때문이었다. 하지만 언제까지 욕설이나 내뱉으며 머물러 있을 수는 없었다.

말 그대로 딱 한 조각만을 더 완성시키면 계획을 성공시킬 수 있으니까.

여기까지 와서 포기를 할 수는 없는 노릇이었다.

"이렇게 되면 나도 위험을 감수하는 수밖에 없겠군."

나는 표정을 굳히며 재차 각오를 다졌다.

지금까지 내가 움직이던 방식은 철저하게 나의 안전을 고려한 소극적인 방식이었다. 하지만 이제부터는 그런 위험 속으로 직접 들어선 채로 움직이려고 하는 것이다.

'여차하면 살인마와 직접 마주하게 되는 한이 있더라도….'

더 이상 시간을 낭비하고 있을 수는 없었다.

글귀에 나온 데로 이제 새벽까지 남은 시간은 고작 1시간 밖에는 없으니까 말이다.

"스읍…!"

머릿속에서 기어를 바꾸어 넣으며 나는 차분하면서도 싸

늘한 눈동자를 머금었다.

그렇게… 위험의 가운데로 신속한 발걸음을 내딛어가려 할 때였다.

[띠링! 탈다람의 불빛이 밝혀집니다! 앞으로 2시간 동안 빛이 밝혀진 지역은 안전구역이 됩니다.]

[피로 물든 눈알 조각의 사용자 '윤손하' 가 모든 살인마들의 표적이 됩니다.]

[불빛이 밝혀진 제단의 주인 '형제 살인마 - 윌리 하프와 조슈 하프' 가 황혼의 불빛에 휩싸여 사라지게 되며 1시간 뒤 새로운 살인마가 태어나 자리를 대신하게 됩니다.]

"이건…!"

새롭게 눈앞에 떠오른 글귀의 내용에 나는 눈을 크게 치떴다. 그리고는 가라앉아있던 입꼬리를 서서히 말아 올린다.

생각했던 데로 윤손하는 자신의 역할과 임무를 아주 잘 소화해주었기 때문이었다. 게다가 제단을 사용함으로 인해 얻어지는 효과에 대한 새로운 정보까지 얻을 수 있었다.

"하필이면 제일 껄끄러운 녀석이 사라져줬군. 아주 좋아."

나는 입꼬리를 말아 올린 채로 늘어뜨리고 있던 창날의 방향을 바로 잡았다.

은신 살인마가 사라진 이상 암습에 대한 걱정도 함께 사라진 거나 마찬가지인 상황.

"후우… 가볼까?"

나는 한결 가벼워진 마음으로 자연스럽게 숲속으로 녹아들었다.

그런 나의 시야 앞으로 붉은색의 화살표가 다음으로 가야할 방향을 가르쳐주고 있었다.

그렇게 움직인 지 5분 정도가 지났을까?

각오를 다진 장소로부터 그리 멀리 떨어지지 않은 장소에서 나는 마침내 쫓고 있던 타겟을 발견할 수 있었다.

수풀과 암석들이 엉겨있는 사이로 웅크린 채 머리부터 발끝까지 완벽하게 진흙을 바르고 풀잎들까지 끌어 모아 위장재 그 자체가 되어있는 중년 남자의 모습을 마주할 수 있었던 것이다.

아마 그는 1시간의 시간과 살인마들의 인식범위에 대한 경고가 뜬 뒤로 움직이는 것을 포기하고 완벽하게 숨는 것을 선택한 듯 했다.

"이것도 나쁜 선택이라고 할 수는 없지만…."

"……!"

나의 분위기에서 자신의 최후가 다가왔음을 알아차리기라도 한 걸까? 어떠한 말도 없이 애원하는 듯한 눈으로 올려다보기만 하는 '학자'의 모습에 나는 입맛이 씁쓸해지는 것을 느끼며 표정을 굳혔다.

"…미안하네."

결코 받아들여질 리 없는 사과의 말과 함께 나는 남자의 심장으로 창날을 찔러 넣었다.

푸욱-

"컥!"

날카로운 창날이 손쉽게 남자의 가슴을 파고들어가며 심장을 정확히 꿰뚫는다. 비명조차 되지 못한 신음이 고통스레 뒤따르는 것을 들이며 나는 깊숙이 박아 넣었던 창날을 비틀어낸 뒤 거칠게 뽑아냈다.

츄화아악-

헤집어져 벌어진 상처로부터 핏물이 분수처럼 솟구친다.

그와 함께 나는 마침내 고대하던 계획의 마지막 조각을 습득할 수 있었다.

[히든 아이템 '피로 물든 눈알 조각' 이 생성되었습니다.]

[인벤토리가 없으므로 외부로 곧장 생성합니다.]

내용을 확인하자마자 스르륵 사라져가는 메시지 박스와 함께 푸른색의 빛이 반짝이며 세 번째의 눈알 조각이 생성되었다.

"신속하고 정확하게."

암살에 대한 것을 배우면서 가장 처음 익히게 되는 격언

이면서도 모든 것의 기본이 되는 말.

안정과 도전의 갈림길에서 나는 다시금 그 말을 떠올렸다.

"지금부터는 목숨을 걸어야 할지도 모르겠군."

확실하지도 않은 무언가를 위해서 안전해질 수 있는 기회마저 버린 채 목숨까지 걸어야 한다니…….

'누나가 들었다간 바보 멍청이라며 욕을 하고 주먹을 휘둘렀을지도 모르겠군.'

쓴웃음을 머금으며 나는 재차 몸의 상태를 체크했다.

이제부터는 가진 바의 능력을 최고조로 발휘해도 어떻게 될지 알 수가 없기 때문이었다.

하지만 그런 위험과 마주하러 가면서도 나는 두려움이나 긴장을 느끼는 대신 섬짓한 이상의 감각이 피어오르는 것을 느꼈다.

과거 킬러 일을 하며 누구나 다 불가능하다던 의뢰들을 성공시켰을 때마다 느꼈던 기분.

그때마다 나의 선택지는 항상 똑같았다.

'하이 리스크 하이 리턴.'

위험을 무릅써야지만 뻗어낸 손이 간신히 닿을 수나 있는 영역도 있는 법이었다.

"후우우…."

최고조의 컨디션, 적당한 긴장감으로 모든 준비가 갖추어졌음을 인식한 나는 마지막으로 심호흡을 해 모든 것들을 조율했다.

그리고….

"가볼까."

창을 비스듬히 늘어뜨린 채로 나는 가까운 거리에 있는 제단을 향해 달리기 시작했다.

파사사삭-

전혀 기척을 숨기지 않는 빠른 움직임에 무릎까지 자라난 풀들이 빠르게 스치며 시끄러운 소리를 낸다.

가뜩이나 예민해진 살인마들의 시선을 잔뜩 끌 수 있는 경솔한 행위였지만 그럼에도 나는 달리는 속도를 늦추지 않았다.

"꺄아아악! 가, 가까이 오지 마!"

"이거 놓으라고 이 씨발년아!"

달려가는 우측 전방으로부터 들려오는 누군가의 비명소리.

아마 숨어있던 남녀가 결국 살인마들의 레이더에 걸려든 모양이었다. 하지만 나는 그것을 자연스럽게 넘겨내며 목적지만을 보며 내달렸다.

"아아악! 이 쌍년이… 히익? 끄, 끄아아악-!"

더 가까워진 거리만큼이나 선명해진 비명이 전해져온다.

나는 여전히 그것들을 무시하며 지나치려 했지만 그보다 먼저 내 앞을 가로막는 방해물이 덤불을 가르며 튀어나왔다.

"아아악!"

무너지듯 튀어나오며 땅바닥으로 나뒹구는 인영.

그것은 10대 후반 정도로 되어 보이는 외모의 검은머리 백인소녀였다.

허벅지에 기다란 자상을 입은 채로 피를 질질 흘리고 있는 소녀.

허벅지가 베였을 때까지만 해도 극도의 흥분상태라 고통을 제대로 느끼지 못하다가 달아났다는 생각이 들자마자 긴장이 풀린 것이 틀림없었다.

"크흣, 끄흐흐흑…."

소녀는 나뒹군 채로 허벅지를 부여잡고 눈물범벅이 된 신음을 흘렸다. 그러다가 바로 앞에선 나의 발을 발견하고는 시선을 올려 나를 쳐다본다.

굳이 말을 하지 않아도 느껴지는 처절한 감정.

"사, 살려주세요! 제발… 도와주시면 뭐든지 할 테니까…!"

자신의 부탁이 통하지 않을 것을 뻔히 알면서도 버둥거리며 애원해오는 소녀의 모습은 도와주고 싶다는 생각이 저절로 샘솟을 만큼 안타까운 모습이었지만, 나는 그녀의 시선을 외면하며 잠시나마 멈춰졌던 발걸음을 다시금 옮겨가기 시작했다.

지체된 시간만큼이나 더 빨라진 속도로.

"가, 가지 마요! 제발! 제발 도와달라고! 이 시발새끼야!"

등 뒤로 원한에 찬 소녀의 욕설이 들려온다.

그리고 얼마 지나지 않아 소녀의 비명이 뒤따랐다.

"히익! 아아악! 꺄아아아악!"

결국 그녀를 뒤쫓아 온 살인마의 손아귀에 붙잡힌 모양이었다.

"……."

입맛이 씁쓸했다.

당연한 선택이고 합리적인 선택이었지만 기분이 더러워지는 것은 어쩔 수 없었다.

'방금 그 여자가 시간을 끌어줘서 잘 됐다고 생각했던 나 자신의 사고방식이 더 짜증나는 거지만.'

하지만 곧장 잡념을 털어버린 나는 신속하고 빠른 움직임으로 살인마의 거처로 뛰어들었다.

말라비틀어진 거목의 아래로 지붕처럼 늘어뜨려진 나뭇가지들과 그 아래쪽으로 창고 구조물처럼 생긴 목제 박스와 그 옆으로 세워진 제단의 모습이 보였다.

다행히도 비어있는 제단의 모습에 나는 일말의 망설임도 없이 제단으로 뛰어가 피로 물든 눈알 조각을 사용했다.

[피로 물든 눈알 조각이 사용되었습니다.]

[탈다람의 불빛이 밝혀집니다.]

익숙한 메시지 박스의 글귀와 함께 귓가로 들려오는 희미한 공명음.

그우우웅…

공명음은 점차 선명해지며 크게 들리는가 싶더니 이내,

파아아앗-

번쩍-!

흰색의 불빛이 바닥으로부터 솟구치며 원기둥의 형태로 확장하듯 뻗어나가기 시작했다.

콰하아아아-!

하늘로 높이 솟구쳐 오르는 빛의 기둥.

동시에 나의 눈가로 새로운 메시지 박스가 떠올랐다.

[지금부터 당신은 모든 살인마들의 타겟이 됩니다.]

[숨을 참아도 살인마의 시선을 피해갈 수가 없습니다.]

예상했던 패널티에 대한 것을 알려주는 메시지와.

[두 번째 빛의 기둥이 발현되었습니다. 통로가 열리기까지 단 한 개의 불빛만이 남았을 뿐입니다.]

[통로 생성의 진행상황과 관련된 정보는 직접 탈다람의 불빛을 밝힌 이들만이 알 수 있습니다.]

통로와 관련된 내용을 담은 메시지였다.

그리고 그 뒤를 이어 눈앞에 떠오르는 글귀들.

[불빛이 밝혀진 제단의 주인 '시체참살자 - 앙그룬' 이 황혼의 불빛에 휩싸여 사라지게 되며 1시간 뒤 새로운 살인마가 태어나게 자리를 대신하게 됩니다.]

또 하나의 살인마가 사라졌다.

'역시!'

다시 한 번 확인 된 통로의 신뢰성에 나는 고개를 끄덕였다.

이제 적어도 '통로' 라는 것이 없지는 않을까에 대한 걱정은 놓아도 되는 상황.

물론 힘들게 열어낸 통로가 정말로 고생한 만큼의 가치를 지니고 있을 것인가에 대해서는 여전히 알 수 없었지만, 어차피 그런 건 처음부터 각오한 부분이니까.

"자, 그럼 다음 스텝으로 가보실까?"

나는 재차 긴장감을 다졌다.

이제부터는 정말로 쉽지가 않을 것이기 때문이었다.

"방향은 대략 여기쯤인가."

탈다람의 빛이 미치는 영역의 경계에 선 채로 여성 살인마의 거처가 있는 방향을 가늠해낸 나는 불빛에 밝혀져 희미한 실루엣이 드러나 보이는 숲속의 너머를 응시했다.

오히려 빛이 비추어지기에 대비되어 더 어둡게 느껴지는 숲 안쪽의 전경에 나는 한쪽 눈을 감고 늘어뜨린 창날을 허공에 그어 가상의 경계선을 그은 뒤 자세를 낮추었다.

그리고 빛에 노출되어 줄어들었던 동공이 다시 늘어나며 암순응으로 이어지는 순간.

타앗-

나는 기습적으로 지면을 박차며 포탄처럼 앞으로 튀어나갔다.

파사사삭-

무릎 위로 풀들이 스치며 실루엣조차 보이지 않던 어둠의 너머가 빠르게 코앞으로 다가온다.

고사양의 게임을 돌릴 때처럼 실시간으로 눈앞에 그 실루엣을 드러내 보이는 숲의 전경들을 인식해가며 나는 흔들림 없는 자세로 속도를 배가해가고 있었다.

두 번째 빛의 기둥으로부터 여성 살인마의 거처까지는 그리 멀리 떨어지지 않은 거리.

더군다나 살인마들의 눈치를 보지 않고서 달리는 데만 집중하고 있는 지금은 순식간에 닿을 수 있을만한 거리였다.

하지만 바로 다음 순간 나는 그런 나의 생각이 무척이나 안이한 것임을 깨달을 수 있었다.

좌르르르륵……!

언제가 들어본 적이 있는 쇠사슬의 소리.

빠르게 접근해오는 섬뜩한 사운드에 나는 반사적으로 상체를 비틀며 회전하듯 좌측으로 이동했다.

콰악!

본래 내가 있던 장소를 꿰뚫고 지나쳐 끝내 두터운 나무의 껍질을 부수며 박혀 들어가는 갈고리.

"쉬이익… 슈욱…!"

동시에 바로 근처에서 들려오는 답답한 숨소리에 나는 이를 악물었다.

자신의 실수를 만회하기라도 하겠다는 듯이 흉흉한 기세를 머금은 갈고리 살인마가 쇠사슬을 한손에 휘감고 커다란 정글도를 늘어뜨린 채로 빠르게 접근해오고 있었기 때문이었다.

처음 내가 봤었던 때와는 비교도 할 수 없을 정도로 빨라진 발걸음.

언뜻 보기에는 성큼대며 걸음을 옮기는 것처럼 보이지만 실상은 평범한 사람의 구보에 가까운 정도의 속도로 접근해오는 갈고리 살인마의 모습에 나는 뒤도 보지 않고서 다시 돌아서서 내달리기 시작했다.

죽지도 지치지도 않는 놈을 상대로 쓸데없이 힘을 뺄 필요는 없을 테니까.

"쉬이익…!"

빠르게 거리를 벌리며 달아나는 나의 대응에 갈고리 살인마가 당황인지 분노인지 모를 숨소리를 거칠게 뱉어낸다.

하지만 나는 아랑곳하지 않고서 놈의 쇠사슬 공격이 효과를 보지 못할 덤불지대로 몸을 내던졌다.

파사삭, 파사사삭—

눈앞을 따갑게 스치고 지나가는 풀잎과 나뭇가지들.

"끼야아아악!"

덤불지대를 뚫고 나오자마자 마녀와도 같은 몰골의 여성 살인마가 기다리고 있었다는 듯이 귀곡성을 내지르며 식칼을 휘둘러왔지만 나는 당황하지 않고서 바닥을 구르며 여성 살인마의 손아귀에서마저 빠져나갔다.

'이렇게 노골적으로 살기를 뿜어대면 눈치 채지 못 하는 게 이상하니까.'

무협지에서나 논해지는 살기니 뭐니 하는 감각은 사실 실제로 있는 기운이었다.

어렵게 말할 것 없이 순간적으로나마 등골이 서늘해지고 솜털이 바짝 서는 듯한 느낌이 드는 것. 그것이 바로 살기 혹은 악의를 받았을 때에 느껴지는 감각인 것이다.

평범한 사람은 살기를 받아도 그저 살짝 섬뜩한 기분만이 들고 말지만…….

'명색이 전직 킬러가 살기를 느끼지 못해서야 말이 되질 않지.'

순조롭게(?) 두 명의 살인마들을 제쳐낸 나는 곧장 여성 살인마의 거처로 뛰어들었다.

"끼아악! 꺄아아아아—!"

나의 행동으로부터 위기감을 느낀 여성 살인마가 빠르게 쫓아오며 귀곡성을 터뜨렸지만 이미 나는 제단 앞으로 접근하며 피로 물든 눈알 조각을 꺼내어 들고 있었다.

"미안하지만… 이미 늦었어!"

고개를 돌리자마자 불과 3미터 정도의 거리를 두고 마주치는 여성 살인마와 나의 시선. 안타깝다는 듯 고개를 저어 보이며 나는 제단 위로 조각을 사용했다.

번쩍-!

제단의 순백색의 불빛에 휩싸여 타들어가며 바닥으로부터 빛 무리가 몰려들기 시작한다.

쿠화아아아-!

"캬하아악-!"

빛의 기둥이 솟구쳐 오름과 동시에 고통스럽게 울려 퍼지는 여성 살인마의 비명소리.

화르르륵…!

빛에 노출되어버린 여성 살인마는 내게 달려들던 자세 그대로 불타오르는가 싶더니 순식간에 잿더미로 변해 흩어져 버렸다.

동시에 눈앞으로 떠오르는 핏빛의 메시지 박스.

[당신은 모든 살인마들의 시선을 끌었습니다. 지금부터 모든 살인마들은 오로지 당신만을 노리게 됩니다.]

[당신이 어디에서 무엇을 하고 있든 살인마들은 당신을 추적할 수 있게 됩니다.]

그것은 한 단계 더 올라간 살인마의 위협에 대해서 설명하고 있었다.

뭐, 어찌 보면 당연한 반응이었다.

빛을 밝히는 것이 살인마들의 죽음이라고 말한다면 나는 두 명이나 되는 살인마들을 처치한 셈이니까 말이다.

"그런 것 따위는 이제 와서 아무래도 상관이 없지만."

내가 기다리고 있는 내용의 메시지는 당연하게 예상되는 이런 내용의 것이 아니었다.

바로 그때였다.

순차적으로 떠오른 '피의 마녀 – 엘린 워노스' 의 소멸 메시지와 함께 기다리고 있던 내용의 글귀가 떠올랐다.

《밝혀진 빛의 기둥이 공명을 시작합니다.》

언뜻 보기에는 알 수 없는 내용의 글귀가 녹아들 듯 사라지마자 대기가 진동하기 시작했다.

그리고….

삐이이잉–

빛의 기둥 꼭대기로부터 흰색의 섬광이 하늘을 향해 쏘아졌다.

내가 있는 기둥뿐만 아니라 생성된 3개의 기둥에 동시에 쏘아진 섬광,

"저건…!"

섬광은 허공에서 정확히 마주치며 엉기는가 싶더니 이내 빛의 구체로 변해 일렁이기 시작했다.

태양과도 같은 밝기를 내면서도 신기하게도 전혀 눈이 부시게 느껴지지 않는 빛의 구체에 저도 모르게 시선을 빼앗기고 있는 순간.

《통로가 열립니다.》

섬뜩한 보라색의 글귀가 불길처럼 시켜졌다가 타들어갔다.

번- 쩌억-!

쿠화아아아아-!

동시에, 빛의 구체가 폭발하듯 번지며 붉은색으로 변하는가 싶더니 이내 한줄기의 섬광이 기둥의 형태로 지면을 향해 낙뢰처럼 떨어져 내렸다.

"…저긴가!"

굳이 설명을 듣지 않아도 확연하게 느껴지는 연출에 나는 순간 가슴이 두근거려 옴을 느꼈다.

이렇게나 길게 돌아온 여정이 마침내 마지막을 앞두고 있기 때문일까?

정신없이 몰입해왔던 RPG게임의 엔딩씬만을 남겨둔 게 이머와도 같은 기분이 되어 나는 묘한 흥분감에 잦아들고 있었다.

'…나도 모르게 즐겼던 건가?'

스스로가 느끼는 감정에 위화감을 느낀 나는 가늘게 떨려오는 손끝의 감각을 느끼며 표정을 굳히다가 이내 입꼬리를 말아 올렸다.

그리고 인정했다.

"나도 참 글러먹은 인간이네 그래."

코앞에서 사람들이 죽어나가고 나 자신도 언제 죽을지 모르는 말 그대로의 '지옥'과 마주하고 있으면서도 그것을 하나의 '스릴'로서 즐기고 있었다는 사실을 말이다.

그러고 보니 훈련을 받고서 첫 번째의 의뢰를 행할 때에도 그랬었다.

막상 사람을 죽인다는 사실에는 거부감을 느끼고 실제로 충격 받아 구토를 하기 까지 했으면서… 정작 타겟을 죽이기 위해 마주해야만 했던 위험상황들은 오히려 즐겼었다.

"변태야 변태."

의뢰 실패로 인해 나보다 먼저 죽었던 어떤 동료 녀석이 말버릇처럼 내게 건네던 말.

언젠가부터 완전히 무덤덤해지고 잊고 있던 스스로의 본질에 나는 그 어느 때보다 짙은 미소를 입술 위로 새겼다.

"하하… 정말로 오랜만이네. 이런 기분은."

괜시리 유쾌해진 마음을 다듬으며 나는 붉은색 빛의 기둥이 솟구쳐 오른 방향을 응시했다.

지금껏 이어온 내 노력의 결실이자 그만큼의 위험을 감수한 '대가'가 있는 장소.

물론 거기까지 가기 위해서는 아직 지나쳐 가야만할 위협들이 있었지만 나는 조금도 두렵다는 생각이 들지 않았다.

잊고 있던 본질을 다시 한 번 깨달았으니까.

'위험은 내게 즐길 수 있는 스릴의 하나일 뿐이야!'

나는 창대를 움켜쥔 손아귀에 힘을 더했다.

안전한 빛의 영역 안쪽에 있음에도 선명하고 흉흉하게 전해져오는 어둠 건너편의 살기들에 대항하기라도 하려는 것처럼.

"그럼… 가볼까."

나는 산책이라도 나서는 것처럼 빛기둥의 경계로 걸어갔다.

그리고 마침내 경계선의 바깥으로 향하는 첫발을 내딛는 것과 동시에 나는 지면을 강하게 박차며 포탄이라도 된 것처럼 빠르게 나아가기 시작했다.

"쉬이잇… 쉬익!"

밖으로 나서기가 무섭게 쇠사슬 갈고리를 던지며 습격을 가해오는 갈고리 살인마.

카강-

그러나 이미 대비하고 상황에 날아든 공격은 내게 어떠한 위협도 될 수 없었다.

단지 창날을 빗겨내는 것만으로 갈고리를 튕겨내 경로를 틀어버린 나는 죽으려고 작정이라도 한 것처럼 갈고리 살인마에게로 빠르게 접근했다.

"쉬이익…!"

특유의 억눌린 숨소리와 함께 커다란 정글도를 매섭게 치켜드는 갈고리 살인마.

쉬카악-

핏물이 눌러 붙은 정글도의 칼날이 위협적인 파공성과 함께 비스듬히 휘둘러져 왔지만… 그렇게나 단순한 공격에 맞아줄 정도로 나는 자애롭지 않았다.

단지 자세를 낮추고 상체를 비트는 것만으로도 갈고리 살인마의 공격을 가볍게 피해낸 나는 태연하게 놈의 옆을 지나치며 더욱더 속도를 가속했다.

"취이이익-!"

콰하아악-!

이번에도 자신을 무시하며 지나치는 나의 모습에 분노한 갈고리 살인마가 재빨리 정글도를 되돌리며 지나쳐가는 나의 등을 베어왔지만 놈의 칼날은 겨우 옷자락의 끄트머리를 건드렸을 뿐이었다.

바로 이 차이를 만들기 위해서 처음부터 속도를 조절하고 있었던 거니까.

'이걸로 한 놈은 따돌린 건가?'

쇠사슬은 물론 연속적인 두 번의 동작으로 인해 완전히

균형이 무너져버린 갈고리 살인마는 이제 전속으로 치닫기 시작한 나의 속도를 따라잡을 수 없을 것이었다.

"이제 남은 건 밧줄 살인마인가?"

달리는 속도를 줄이지 않은 채 나는 아직 마주치지 못한 위험요소 중 하나를 떠올렸다.

탈다람의 불빛을 밝힌 뒤로부터는 아직 한 번도 마주치지 못 했었지만… 제거된 목록에 놈으로 추정되는 명칭의 살인마가 뜬 적은 없으니 이번에는 반드시 나타날 것이었다.

휘익-

"!"

이런 식으로 말이다.

달려 나가는 경로의 앞에 순간적으로 드리워진 원형의 밧줄에 나는 급격하게 고개를 숙이며 경로를 비틀었다.

"커헉!"

하지만 밧줄은 처음부터 나의 움직임 따위는 예상했다는 듯이 기묘하게 휘며 끝내 나의 목을 휘감으며 끌어당겼다.

달려가던 속도만큼이나 급격하게 튀어 오르며 강렬하게 조여드는 밧줄.

허공으로 떠오르는 발바닥이 휘저어지며 나는 교수형에 처해지기라도 한 것처럼 순간 정신이 아득해지며 혓바닥이 말려나올 것만 같은 질식감을 느꼈다.

조금이라도 방심하면 이대로 정신을 잃어버릴 것만 같은 압박감. 하지만 나는 피가 나도록 입술을 깨물어 정신을 유지하기 위해 애쓰며 짧고 고쳐 잡은 창을 그대로 목줄을 향해 찔러 넣었다.

투두둑-

피슛-

망설임 없이 강하게 찔러 넣은 창날은 목줄을 강하게 조여오던 압박감을 훌륭히 분쇄해주었다.

그 과정에서 창날이 목줄이 스치며 날카로운 자상과 함께 핏물이 튀어 올랐지만 나는 걱정하지 않았다.

'경동맥은 피해서 찔러 넣었으니까.'

경동맥이 베이지 않은 이상 목줄에 난 상처 역시도 그저 사소한 생채기일 뿐이었다.

"크흐읍!"

지면으로 다시 발바닥이 닿자 거칠어진 숨이 몰아치며 형편없이 기침을 하고 싶은 욕구가 솟구쳤지만 나는 이를 악물어 충동을 참아냈다.

여기서 기침 따위를 했다가는 결국 놈들에게 발목을 잡히고 말 테니까.

눈물이 찔끔 새어나올 만큼 짜릿한 통증을 필사의 인내로 참아내며 나는 다시 지면을 박차고 튀어나가기 시작했다.

"그우우우…!"

고목나무의 뒤에서 밧줄을 움켜쥔 채 모습을 드러낸 신부복의 살인마가 손도끼를 늘어뜨린 채로 다급히 튀어나온다.

하지만 놈이 모습을 드러내기도 전에 나는 이미 10미터 이상의 거리를 벌려내고 있었다.

'이걸로 끝이다!'

여전히 목줄을 조이던 통증은 남아있었지만 나는 미간을 찌푸리면서도 미소를 머금어 보였다.

방금의 그걸로 인해 이제 살인마들의 추적은 완전히 따돌려낸 것이나 마찬가지라고 생각했기 때문이었다.

물론 아직 내가 모르는 종류의 살인마가 있을지도 모르는 일이었지만 그럼에도 나는 입가에서 미소를 지우지 않았다.

어느새 붉은색 빛의 기둥이 비치는 곳이 코앞까지 다가와 있었기 때문이었다.

"크허어… 커흡!"

붉은색 빛기둥의 영역으로 들어서며 저도 모르게 긴장이 풀린 탓일까? 나는 참아왔던 호흡과 고통에 한꺼번에 터지는 것을 느끼며 잠시 균형을 잃고 비틀거렸다.

하지만 그런 와중에도 나의 몸은 착실하게 목표로 한 방향으로 나아가고 있었다.

이 모든 위험을 감수해온 보상이라고도 할 수 있는 《통로》 가 있는 방향을 향해.

"허억… 허억…!"

한껏 거칠어진 숨을 가다듬으며 아래로 향했던 고개를 들었을 때는 어느새 통로의 모습이 다섯 걸음 안쪽으로 다가와 있는 상태였다.

포탈 같이 원형의 구멍이 생겨나 있지 않을까 했던 당초의 이미지와는 달리 저택의 대문만큼이나 커다란 강철의 문짝이 황폐한 공터의 중앙으로 덩그러니 존재하고 있는 모습.

'드디어…!'

나는 망설임 없이 문 쪽으로 다가갔다.

그렇게 약 세 걸음 정도를 내딛었을 때였다.

철컥! 끼리리릭!

잠금이 해제되는 소리와 함께 무언가 기관이 돌아가는 듯한 소리가 들리기 시작했다.

그리고 바로 다음 순간.

굳게 닫혀져 있던 문이 안쪽을 향해 열려지며 마침내 그 속내를 드러내 보였다.

"…이건 대체!"

예상했던 것과는 달리 이 숲속의 어디에서도 보지 못했던 검디검은 어둠을 머금은 내부를 말이다.

'실수한 건가?'

순간 머릿속으로 그런 생각이 지나쳐갔다.

하지만 그런 생각들을 더 이어보기도 전에 나는 처음으로

'두려움' 이라는 감각에 사로잡혀야만 했다.

"……!"

등골을 타고 섬뜩한 감각이 스치고 지난다.

문의 안쪽으로부터 전해져오는 원초적이면서도 본질적인 감각 때문이었다.

그것은 다름 아닌 악의였다.

자그마치 20년 동안이나 어둠의 세계에서 살아오며 수없이 많은 악의들과 마주해본 적이 있던 나로써도 처음 느껴보는 종류의…….

'순수한 악의.'

하염없이 솟구치는 두려움에 나는 저도 모르게 어깨를 떨었다.

그리고….

바로 다음 순간이었다.

〈〈경배하라….〉〉

〈〈굴복하라….〉〉

믿을 수 없을 만큼 낮게 가라앉은 목소리가 귓가와 머릿속으로 동시에 파고들었다.

"허으윽!"

목소리와 함께 전해져오는 음습하기 그지없는 압박감에 뱀의 혓바닥 앞에 노출된 개구리라도 된 것처럼 온 몸이 뻣뻣하게 굳어 들어간다.

《경배하라….》

《굴복하라….》

재차 들려오는 어둠속의 목소리.

그와 동시에,

콰악!

"헉!?"

무언가가 발목을 붙잡아왔다. 굳어진 상태로 눈동자만을 내려 아래를 쳐다보자 흉측한 몰골의 괴물이 내 발목을 움켜쥔 채 땅속으로부터 기어오르는 모습이 보였다.

"그어어어…!"

"케르르륵…!"

내 발의 아래뿐만이 아니라 황폐한 공터의 전체에서 스물스물 기어 나오기 시작하는 괴물들.

그것은 광장에서 처음 마주했던 존재들이었다.

지옥이 시작되며 가장 처음으로 모습을 드러냈던 존재들.

지옥에서 막 기어오른 아귀와도 같은 모습을 한 괴물들이 나를 집어삼키기 위해 잔뜩 탐욕을 드러내며 지상으로 기어오르고 있었다.

'제길… 몸이… 제대로 움직이질 않아!'

식은땀을 줄줄 흘리고 피가 나도록 입술을 깨물었지만 몸은 전혀 움직여줄 생각을 하지 않고 있었다.

"빌어먹을!"

입술마저 굳어져가는 감각 속에서 나는 욕설을 머금었다.

지금 이 순간 내게로 두 가지의 선택지가 주어졌다는 것을 깨달았기 때문이었다.

〈〈경배하라…〉〉

〈〈굴복하라…〉〉

목소리에 굴복하거나… 아니면 이대로 죽거나.

'크! 정말로 방법이 없는 건가?'

나는 잔뜩 일그러진 얼굴로 무릎까지 기어오른 괴물을 쳐다봤다.

"그우우우…!"

쩌억 벌어진 입가로 침까지 질질 흘리며 탐욕을 드러내는 괴물.

그 끔찍하면서도 비위가 상하는 모습에 의식적으로 시선을 피하며 '굴복' 이라는 선택지로 의식이 향해가는 순간이었다.

'…음!?'

돌연 떠오른 사냥꾼의 다이어리에 쓰여 있던 내용.

사냥꾼의 다이어리에는 반쪽 밖에 없는 페이지 탓에 '살인마들의 약점은….' 이라는 안타까운 부분에서 절단이 되어 있었다.

하지만 여기까지 온 시점에서 살인마들의 약점이 무엇인지 눈치 채지 못 했을 리가 없지 않은가.

'만약 그 약점이 살인마 한정이 아니라면?'

순간적으로 떠오른 생각에 나는 불룩 솟아있는 왼쪽 주머니를 응시했다.

LED손전등이 들어있는 장소.

"크흐윽!"

나는 필사의 각오로 굳어진 손을 움직여 주머니 속으로 손을 넣었다.

손끝이 뻣뻣하고 감각은 무뎠지만 다행스럽게도 의지에 따라 움직여준 손은 LED손전등을 무사히 주머니 속으로부터 꺼내어 들 수 있었다.

그리고 다음 순간!

"으아아아!"

딸칵-

나는 기합과 함께 LED손전등의 버튼을 밀어 올렸다.

순간적으로 번쩍- 하고 밝아지며 경로가 향하는 전방을 밝히는 순백색의 불빛.

"케헤에엑!"

직방으로 불빛에 노출된 괴물이 허벅지 위쪽까지 손을

뻗으려다가 말고 비명을 지르며 허물어진다.

그와 동시에 거짓말처럼 몸을 옥죄어오던 압박감이 사라져감을 느낀 나는 이를 악물며 문 안쪽의 어둠을 응시했다.

이제는 알 수 있었기 때문이었다.

지금 문의 너머에 비치고 있는 저 어둠은 결국 또 하나의 환영일 뿐이라는 사실을 말이다.

나 자신이 만들어낸 어둠.

그 짙고 음습한 악의가 스스로를 옭아매고 있었다.

"이제 그만 꺼져!"

나는 어둠을 향해 맹수처럼 포효하며 LED불빛을 향했다.

〈〈끼에에에에에…!〉〉

불빛을 향하자마자 들려오는 끔찍한 비명소리.

그와 동시에 문 안쪽을 가득 채우고 있던 어둠이 소용돌이치며 바깥으로 쏟아져 나오기 시작했다.

"꺼지라고!"

집중적으로 불빛을 비추자 고통스러운 듯 일렁이며 크게 흔들리기 시작하는 검은색의 연기.

그것은 제물로써 요녀였던 여자를 집어삼켰던 존재였다.

제물이 원활하게 바쳐지지 않자 놈은 스스로 현신하여 나를 집어삼키려 들었던 것이다.

"네놈 따위에게 먹힐까보냐!"

연기를 향해 일갈하며 나는 다시 문의 안쪽을 응시했다.

여전히 어둡긴 했지만 그 끄트머리로 확실한 빛줄기가 새어나오고 있는 통로가 보였다.

"흐읍!"

푸욱-

완전하게 자유를 되찾은 몸을 움직여 발치에 붙어있던 아귀 괴물을 차낸 뒤 창을 휘둘러 마무리를 가한 나는 그대로 걸음을 옮겨 문을 향해 다가갔다.

〈〈끼에에에에…!〉〉

발악과도 같은 연기의 외침과 아귀 괴물들의 공격이 이따랐지만 그들 중 누구도 나의 걸음을 막을 수는 없었다.

나는 당당히 걸음을 옮겨서 문의 안쪽으로 발걸음을 들여다 놓았다.

"아…!"

단지 한 걸음을 디뎠을 뿐인데도 공기 자체가 달라지며 안정적인 기분이 든다.

그 기분 좋은 안락감에 나는 더 이상의 망설임을 잊어버린 채 문의 안쪽으로 완전히 걸어 들어갔다.

슈화아아악-

문으로 들어서자마자 무형이 기운이 온 몸을 부드럽게 휘감아왔다.

기운이 전해져오는 곳은 다름 아닌 빛줄기가 새어나오고 있는 통로의 끝.

순식간에 중독이 될 것만 같은 안락감에 통로의 끝을 향해 무심코 시선을 향한 순간,

번- 쩌억-!

눈이 멀어버릴 것만 같이 찬란한 순백의 빛무리가 엄청난 속도로 확장하며 나를 집어삼켰다.

온 몸을 잠식해오는 극도의 편안함이 마지막까지 남아있던 긴장마저 다 앗아가 버린 탓일까?

“아아….”

바보 같은 신음과 함께 나는 결국 정신의 끈을 놓아버리고 말았다.

톱스타의 킬링필드

Hell is coming

chapter 5. 나는…….

탁!

마침내 모든 내용을 기술하는데 성공한 나는 던지듯 펜을 놓고 의자에 기대어 팔을 늘어뜨렸다.

시계를 보니 어느덧 오전 8시 반.

4시간이나 되는 시간동안이나 몰두해왔기 때문일까?

무언가를 이루어 냈다는 성취감과 함께 가벼운 탈력감과 노곤함에 찾아든다.

그렇게 늘어져 있던 나는 한참이 지나서야 눈을 뜨고 일어났다. 힐끔 시선을 내리자 탁자 위에는 무려 10페이지나 되는 꿈의 내용이 노트에 담겨 빼곡하게 들어차 있는 게 보인다.

복잡하게 혼재하던 기억들을 최대한 순서에 맞고 자세하게 적어낸 이야기.

하지만 나는 그것을 확인하지 않았다.

굳이 확인하지 않아도 이제는 알고 있으니까.

"하아…."

분석의 단계를 지나 수긍의 단계에 접어들자 저도 모르게 벌어진 입가로 마른 웃음이 새어나온다.

지금껏 신나게 적어 내려갔던 꿈의 내용들이 실은 어딘가에서 벌어졌던 '실제의 이야기'라는 것을… 이제는 알기 때문이다.

베테랑 킬러였던 남자 사혁은 분명히 존재했던 인물이었으며, 죽었고, 또한 괴상한 장소로부터 생존을 시험받았다.

그리고….

'자격을 증명했지.'

내가 기억이라고 여겼던 것은 킬러 사혁의 존재 그 자체였다. 뛰어난 실력으로 자격을 증명한 그는 보상으로서 새로운 삶을 제공 받았다.

그것이 바로 나 강혁으로서의 삶.

'난 자살 했었으니까.'

무명 배우에 우울증을 겪고 있던 나는 결국 버티지 못하고 수면제를 흡입해 자살을 시도했었다.

지금까지 내가 이해한 게 맞다면… 분명 사혁이라는

남자는 이미 죽어버린 나의 몸속으로 들어온 게 되겠지.

《새로운 삶을 위해서》

하지만,

공교롭게도 나의 기억은 사라지지 않았다.

킬러 사혁의 기억과 무명 배우 강혁의 기억을 동시에 지니게 된 것이다.

잠에서 깨어나 처음 혼란스러운 기분이 들었던 것도 다 그 때문이었다. 유아기 때의 기억은 제외한다고 해도 족히 30년은 되는 양의 기억들이 한꺼번에 주입되어진 셈이니까.

그러나 4시간 동안이나 몰두했던 일련의 과정들을 통해 나는 이제 사혁의 기억을 완전히 받아들였다.

단지 정보로써의 습득이 아니라 존재 그 자체를 받아들인 것이다.

그 때문일까?

나는 이전보다 훨씬 더 냉철하고 차분해져 있었다.

사혁의 존재가 녹아들게 된 효과.

'그럼 나는 이제부터 사혁이라는 남자가 되는 건가?'

문득 그런 생각이 떠올랐지만 나는 이내 고개를 흔들었다. 내 속에는 여전히 강혁으로써의 기억이 있으며 그것을 잊거나 지워버리고 싶지는 않으니까.

"뭔가의 착오인지는 모르겠지만……."

만약 사혁에게 기회를 제공했던 어떤 존재가 그가 주체가 되는 완벽한 새 삶을 생각했다면 그것은 완벽하게 실패했다.

기억을 받아들이고, 존재를 인정하면서부터 사혁은 이 몸의 주인이 아니라 '나'라는 존재의 일부가 되고 말았으니까.

"나는……."

낮게 중얼거리며 나는 다시 펜을 집어 들었다.

그리고는 마지막 페이지의 하단 빈칸 위로 미처 짓지 못했던 글의 마무리 멘트를 적어나가기 시작한다.

『나는 분명 이전의 나와는 다른 존재가 되었는지 모른다. 하지만 나는 지워지지 않았다. 나는 기억하고 있기 때문이다.』

"…나는 강혁이다."

그것은 나 자신으로써의 증명이었다.

"…나는 강혁이다."

마침내 끝을 맺어낸 마침표와 함께 자리를 박차며 일어난 강혁은 부엌으로 곧장 걸어가 냉장고를 열고는 마지막 남아있던 캔 콜라를 꺼내어 들었다.

치익!

뚜껑을 따자 짜릿하게 밀려드는 탄산의 소리.

강혁은 그것을 단숨에 들이켰다.

그리고….

"크으으!"

호쾌한 탄성과 함께 비어버린 캔을 탁자 위로 거칠게 내려놓았을 때였다.

〈사신이었던 남자, 사혁의 기록을 완전히 습득하셨습니다.〉

귓가로 파고드는 무미건조한 여성의 목소리.

동시에 눈앞으로 익숙한 형태의 메시지 박스가 떠오른다.

[새로운 데이터를 설정합니다.]

[설정 중…….]

[완료!]

하지만 강혁은 놀라거나 당황하지 않고서 메시지 박스 안에 적힌 글귀들을 차분하게 읽어 내렸다.

[무명 배우 '강혁' 의 상태창이 제공되었습니다.]

[특수 보상 '톱스타 매니저'가 가동되었습니다.]

심플하기 그지없는 안내성 메시지들이었지만 강혁은 무엇을 해야 할 지 단숨에 이해할 수 있었다.

그 역시도 기억 속으로 함께 주입되어졌기 때문이었다.

"상태창."

나지막한 속삭임과 함께 무명 배우 강혁의 상태창이 눈 앞으로 떠올랐다.

[상태창]

이름: 강혁

종족: 인간

직업: 배우(무명)

스킬: [냉철한 판단력(패시브)], [연예인 포스(패시브)], [시선집중(액티브)]

〈스테이터스〉

근력: 9

체력: 7

순발력: 8

정신력: 9

카리스마: 13

전체적으로 준수하면서도 3개나 되는 스킬을 갖추고 있는 인상적인 상태창.

그것은 형편없는 무명배우였던 강혁에게 사혁이라는 남자의 기록이 더해진 결과물이었다.

"흐음."

차분히 상태창을 훑어 내린 강혁은 이어서 '톱스타 매니저'를 열었다.

〈〈톱스타 매니저〉〉

-인기라는 것은 덧없는 것이다.

-하지만 있어서 나쁠 것은 없다.

심플한 글귀들의 뒤로 떠오른 것은 현재 그가 가지고 있는 배우로써의 포텐 그 자체였다.

[현재 능력치]

외모 (82/100)

육체 (71/100)

재능 (25/100)

감각 (46/100)

〈팬의 숫자〉: 현재 1명

〈인지도〉: 지인조차도 없는 처참한 수준

외모나 육체 등의 외면적인 부분에서는 제법 준수하지만 그 외의 항목에서는 참패를 면치 못하고 있는 능력치들.

특히나 재능 능력치의 경우는 거의 바닥을 쓸고 있는 상태였다.

"후우…."

이전에 자신이 어땠었다는 건 알고 있었지만 막상 이렇게 스스로의 능력들을 데이터화해서 보고 있자니 강혁은 새삼 암담한 기분이 들었다.

게다가 팬의 숫자는 저게 뭐란 말인가?

1명이라니? 아무리 데뷔조차 못한 무명 나부랭이라고는 해도 나름대로 한 때는 독립 영화 조연으로도 출연한 경력이 있었다.

그런데 고작 1명이라고?

데뷔도 못한 아이돌 연습생도 그것보다는 팬이 많겠다.

적어도 걔들 가족이나 친구들은 걔들을 응원할 테니까 말이다.

'뭐… 고아인 나한테는 해당 없는 이야기겠지만.'

잠시 씁쓸한 미소를 지어보인 강혁은 상태창과 톱스타 매니저를 동시에 내리고는 생각에 잠겼다.

아니, 정확히는 생각에 잠기려 했다.

현실을 알았으니 이제 대책을 세워야 하지 않겠는가.

하지만 생각을 채 잇기도 전에 먼저. 눈앞으로 새로운 메시지박스가 떠올랐다.

[퀘스트: 무명의 설움(E등급)]

–무명의 생활은 언제나 서럽다. 인지도를 늘이기 위해 오디션 자리를 찾아다니자.

–완료 조건: 2주일에 3회 이상의 오디션에 참석하기.

–완료 보상: 100달러, 인지도 소폭 상승

※오디션에서 배역을 따낼 시에는 추가 보상이 주어집니다.

무려 퀘스트가 주어졌던 것이다.

(인지도가 높아질수록 팬의 숫자가 늘어나며 더 많은 퀘스트를 받을 수 있게 됩니다.)

그 뒤를 이어 떠오르는 안내문을 보며 강혁은 퍼뜩 떠오르는 기억에 침대 쪽으로 다가가 이불 속을 뒤져 폰을 꺼내어 들었다.

그리고… 새삼스럽게 '이전' 강혁으로써의 기억을 되새겨 본다.

❖

강혁. 24세. 그는 본래 헐리우드 스타를 꿈꾸는 무명 배우였다.

고아 출신인데다가 학연도, 지연도 없기에 오로지 실력에 의지할 수밖에 없는 비루하기 그지없는 무명 배우.

강혁은 촬영현장이 있으면 뛰어가 몇 시간이라도 대기해서 사소한 엑스트라의 자리라도 따내기 위해 전전하고, 평상시에는 일용직의 일을 하며 버티는 삶을 사는 최하층 계급의 인간이었다.

처음부터 밑바닥 중에서도 밑바닥의 인생. 수저론으로 따지면 흙 수저는커녕 아예 수저 자체를 갖지 못한 그였지만, 매번 실패를 거듭하면서도 그는 결코 포기하지 않았다.

쥐구멍에서 볕들 날이 있듯이 계속해서 꿈을 위해 나아가다보면 언제가 자신에게도 희망이 깃들 날이 있으리라 생각했던 것이다.

그리고… 그런 그에게도 마침내 기회가 찾아왔다.

아는 사람의 소개로 아르바이트 차 나갔던 호스트바에서 운 좋게 한국 최고의 연예 기획사인 [스타엔터테이먼트] 의 여사장의 눈에 들게 된 것이다.

그는 그녀의 섹스파트너가 되는 조건으로 스타엔터의 소속이 될 수 있었다.

비록 더러운 거래가 있긴 했지만 꿈을 위해서라면 참고

버틸 수 있으리라 생각했던 조건.

하지만 그는 스타엔터 소속의 배우가 되어 있는 동안 성공을 위한 어떠한 혜택도 받지 못 했다.

지난 1년간, 성공을 위해 50이 넘은 여사장의 섹스파트너로써 발정난 개의 흉내까지 내며 충성을 다 했건만… 결국 돌아온 결말은 그녀로부터 버려지는 것뿐이었다.

언제 시작될지도 모르는 스타엔터의 미국 지부로 보내어지게 된 것이다.

꿈이야 거창하게도 헐리우드 스타가 되는 것이었지만, 영어라고는 눈꼽만큼도 할 줄 모르는 그에게 미국 진출 시장이라니… 말도 되지 않는 이야기였다.

그야말로 절망적인 상황.

그럼에도 그는 포기하지 않았다.

나름대로 발버둥을 치며 꿈을 위해 할 수 있는 모든 노력을 다했다.

하지만… 현실은 더없이 냉혹했다.

현실은 그에게 미래로 나아갈 수 있는 어떠한 틈도 열어주지 않았던 것이다. 멈추지 않는 절망에 지쳐버린 그는 결국 포기를 택하고 말았다.

"그래서 자살을 했지."

참으로 한심한 인생이다.

불쾌한 표정으로 스스로를 까내린 강혁은 폰의 내역을 확인했다.

'톡 23건에 전화 9통.'

모두 같은 사람에게서 온 것들이었다.

[종욱이 형]

그를 돌봐주던 매니저로부터 온 연락들이었던 것이다.

강혁은 자살을 시도하기 전 매니저에게로 [형. 여태까지 고마웠어요.] 따위의 병신 같은 톡을 보내었었다.

그렇게 하면 누군가라도 자신의 죽음을 기억하고 기려주지 않을까 하는 병신 같은 희망을 머금은 채로 말이다.

"다 뻘짓이지."

다시금 스스로의 행적을 까내린 강혁은 매니저 이종욱에 대한 기억을 떠올렸다.

매니저 이종욱.

그는 두 개의 아이돌 그룹을 성공시키고 무명 배우를 발굴해 스타의 반열에 오르게 만든 전적이 있는 베테랑 매니저였다.

경력만 해도 10년이나 되는 실장급의 매니저.

하지만 그는 지나치게 올곧은 성격을 지닌 인간이었다.

때문에 윗선에 밉보이고 말았고… 결국 미국 지부로 좌천이 되고 말았던 것이다.

무려 10년이나 몸 바쳐 일해 왔던 대가치고는 허무하기 그지없는 결과.

하지만,

그는 여전히 자신의 일을 위해 최선을 다했다.

말만 미국지부일 뿐 지원은커녕 제대로 된 사무실조차 없는 암담한 상황이었지만, 강혁을 위해 잠까지 줄여가며 직접 발로 뛰며 스케줄을 물어오기 위해 온갖 노력을 다 해왔던 것이다.

그러나 제대로 된 연기경력은커녕 영어조차 하지 못하는 강혁이 맡을 수 있는 일은 그리 많지 않았다.

그나마 있는 일도 실상을 보면 뭔가 뒤가 구린 일들 뿐.

예를 들자면,

남자 포르노 배우라던가 하는 일들 말이다.

사실을 말하자면 별 다른 경력도 없는 무명 배우에게 포르노 남자 주연 자리라도 물어왔다는 것만으로도 그의 수완을 짐작할 수 있게끔 해주는 대목이었지만…… 당연하게도 강혁의 눈에 그런 자리가 눈에 들어 올 리는 없었다.

여사장의 섹스파트너로써 살아가는 1년 동안 강혁은 그녀가 해주는 지원들을 받으며 '초심' 이라는 것을 완전히 잃어버리고 말았기 때문이었다.

그러니까… 사실 그가 해왔던 노력이라는 것도 실상은 버러지의 허세에 불과했다.

지난 1년간 주제파악은 못하고 콧대만 높아진 강혁은 진심으로 다가오는 이종욱의 질책에도 불구하고 자신이 만든 절망의 굴레로 계속해서 말려 들어갔다.

그러던 도중에 결국 일이 터진 것이다.

이종욱이 힘들게 구해온 어느 드라마의 '단역' 일자리.

대사는 고작 한 줄에 잠깐 스쳐 지나가는 정도의 배역이었지만 꽤 강렬한 이미지를 풍겨야하기에 은근 비중이 있는 자리이기도 했다.

그거라면 제대로 된 영어 회화를 못하는 강혁이라도 충분히 소화해낼 수 있을 법한 배역.

하지만 이번에도 강혁은 파토를 내고 말았다.

배역을 따내기 위해서 오디션을 봐야만 한다는 부분 때문이었다.

그 부분 때문에 그날 이종욱은 처음으로 언성을 높이고 욕설까지 머금어가며 강혁을 비난했고 그에 반발한 강혁은 분을 이기지 못해 결코 하지 말아야만 할 이야기까지 꺼내고 말았다.

그로 인해 둘 사이는 완전히 틀어지고 말았다.

그리고… 이종욱은 더 이상 강혁을 위해 배역을 구하러 다니지 않았다.

그게 불과 일주일 전의 이야기.

서로 얼굴을 보기는 커녕 연락조차 하지 않고서 지내는 동안 이종욱은 국내 쪽에 지원을 가게 되었다.

강혁 혼자만이 미국 지부에 남겨지게 된 것이다.

자신의 유일한 아군이라고 할 수 있던 이를 스스로 쫓아버린 그는 진정한 의미에서의 혼자가 되고 말았다.

그런 와중에도 자존심을 버리지 못해 혼자 끙끙대기만 하던 그는 결국 스스로가 만들어낸 절망에 짓눌려 무너지고 말았다.

자살을 시도한 것이다.

이종욱에게로 형편없는 문자만을 남긴 채로 말이다.

'다시 생각해봐도 한심하네.'

사혁으로써의 냉철함이 더해졌기 때문일까?

강혁은 자신의 이전 행적들이 더없이 부끄럽게 느껴졌다.

"하아…."

강혁은 한숨과 함께 톡을 켰다.

그리고 톡 창의 스크롤을 내리던 강혁은 실소를 머금고 말았다.

"형도 참."

–종욱이 형: 야! 너 임마! 이상한 생각 하는 거 아니지!?

–종욱이 형: 거기 꼼짝 말고 있어! 내가 금방 갈 테니까!

–종욱이 형: 야! 야이 자식아!

–종욱이 형: 내가 잘못했다. 그러니 화가 나면 그냥 나한테 풀어. 이상한 짓 하지 말고. 알았지? 제발 좀!

구구절절이 그에 대한 걱정이 묻어나는 문자들.

스크롤의 마지막에는 어울리지 않게 눈물 이모티콘까지 써가며 애타는 문자를 남기고 있었다.

–종욱이 형: 나 지금 비행기 탔다. 제발 무사하기만 해라….

문자를 확인한 강혁은 시계를 확인했다.

톡이 온 시간이 지금으로부터 3시간 전.

'한국에서 여기까지 오려면 대략 13시간은 걸리니까…….'

앞으로 이종욱이 올 때까지 남은 시간은 10시간 남짓이었다.

"그 정도면 넉넉하네. 그럼… 계속 이 꼴로 있을 순 없으니 준비나 좀 해둘까?"

결정을 내린 강혁은 곧장 욕실로 향했다.

굳이 거울을 보지 않아도 지금 스스로의 상태가 별로 좋아 보이지 않을 거라는 건 충분히 알 수 있으니까.

쏴아아아…

샤워기를 켜자 얼음장 같이 차가운 물줄기들이 떨어져 내린다.

따뜻한 물이 나오려면 5분은 더 기다려야만 했지만 강혁은 곧장 물줄기 속으로 들어섰다.

그리고는 샤워기의 아래에 자리한 거울을 쳐다본다.

거울 속에는 익숙하면서도 이질적인 느낌이 드는 남자가 그를 마주하고 있었다.

곱상한 듯하면서도 적당히 남자다운 얼굴.

하지만 날카로우면서도 차분하게 가라앉은 눈매가 보는 이로 하여금 묘한 긴장감을 갖게 만든다.

"난 달라졌어."

누구에게로 하는 말인지 모를 말을 속삭이며 강혁은 약물 자살의 여파가 남아있는 몰골을 말끔하게 씻어 내리기 시작했다.

씻고 나서 쓰레기통 같던 집안도 깔끔히 청소한 강혁은 라면으로 간단히 끼니를 때우고는 밖으로 나가 버스를 탔다.

사혁의 기억들이 거짓이 아니라는 것도 알았으며, 시간이 갈수록 그 기억들이 명확해져왔기 때문이었다.

게다가 그 가정을 뒷받침 해줄 증거도 찾아냈다.

[오하이오 주 클리블랜드 지역에서 대규모 살인 사건 발생!]

몇 번의 구글링만으로 손쉽게 찾을 수 있었던 기사.

그것은 지금으로부터 사흘 전의 날짜에 불타오른 저택에 대한 내용을 담고 있었다.

자정을 기점으로 갑자기 발생한 화재에 신고를 받은 소방관들이 출동했고 번지기 전에 진압을 하는데 까지는 성공했지만 안쪽에는 이미 끔찍한 재앙이 펼쳐져 있었더라는 이야기.

저택 곳곳에 버려진 수십여 구의 시체에 지역 경찰들이 출동하고 특수수사대나 FBI프로파일러 팀까지도 출동했다.

조사 팀에 의해 모두가 화재로 죽은 것이 아니라 총격이나 칼에 찔린 상처로 인해 죽었다는 것이 밝혀졌기 때문이었다.

아무튼, 그 난리로 인해 클리블랜드 지역은 당연히 발칵 뒤집어졌고 불안해하는 주민들에게 당국은 하루라도 빨리 이 문제의 진상을 밝혀내겠다는 의견을 기자회견을 통해 알렸다.

기사에 나와 있던 내용은 여기에서 끝.

사람들은 갱단 간의 다툼 때문에 벌어진 일이라느니, 전대미문의 연쇄살인마가 나타난 게 아니냐느니 하는 다양한 의견들을 말하고 있었지만 강혁은 그 일의 진상을 알고 있었다.

그가 바로 사건의 당사자 중 하나였기 때문이다.

제자의 손에 등이 찔려 죽었던 사혁은 그 이전에 습격을 해온 킬러들을 모조리 참살했었다.

은퇴를 하고 싶었던 거지 죽고 싶었던 건 아니니까.

무슨 생각을 한 건지 은퇴를 한다는 사혁의 선언에 킬러 단체 '디아틀로스' 는 지레 겁을 먹고는 그를 제거하려 들었다.

지금 생각해보면 경쟁 업계로 들어가거나 어떤 식으로든

비밀이 외부로 유출되는 것을 꺼려했던 것 같다.

아무 의심 없이 은퇴식을 열어주기에는 그가 디아틀로스에 대해 알고 있는 것이 너무 많았으니까.

아무튼, 제자와 함께 수십 명의 킬러들을 참살한 사혁은 마지막 순간 긴장을 풀었다가 제자의 손에 생을 마감했다.

그것으로 이야기는 끝.

이미 한순간이나마 삶에 대한 미련을 모두 떨쳐버린 기억이 있던 사혁에게 있어서 그런 것 따위는 어차피 다 지나간 옛날의 일일 뿐이었다.

강혁이 되어버린 지금은 전혀 관계도 없는 이야기고 말이다.

하지만 그럼에도 굳이 기사를 검색해 사실 관계를 확인한 이유는 단 한가지뿐이었다.

'돈!'

지난 20년간 사혁이 킬러 일을 하며 벌어 들였던 돈은 거의 수백억대에 달한다.

물론 그것의 대부분은 초고가의 현물로 바뀌거나 스위스 은행에 금괴로 보관되어 있기에 건드릴 수 없지만 그 중 일부의 금액은 찾아낼 수 있는 방법이 있었다.

"설마 이렇게 쓰게 될 줄은 몰랐지만."

만약에 자금줄이 끊기고 고립되게 될 상황을 가정해서 미국 전역은 물론이고 세계 곳곳에 마련해둔 비밀 장소.

강혁은 그 중에서도 가장 가까운 거리에 있는 LA근교의 비밀 장소로 찾아가볼 생각이었다.

'…거기에는 현금 1만 달러가 있지.'

그 외에도 주로 애용하던 글록 권총 세트가 있었지만 그딴 건 지금 중요한 게 아니니까.

당장에 1만 달러만 수혈해도 버스비조차 간당간당한 이 빈곤한 삶을 어느 정도는 윤택하게 만들 수 있을 것이었다.

무사히 비밀장소로 가서 돈과 무기가 든 가방을 습득한 강혁은 그대로 이동해 괜찮은 스테이크 집으로 가서 식사를 했다.

오랜만에 미국 스테이크 특유의 두툼한 살집과 풍부한 육즙을 마음껏 즐길 수 있었던 강혁은 그대로 한가하게 거리를 걷거나 노점상의 핫도그를 사먹거나 하면서 되는 데로 시간을 보냈다.

그리고 저녁이 다 되어서야 집으로 돌아온 강혁은 마침내 기다리던 연락을 받을 수 있었다.

–문~ 리버…

딸칵!

벨소리가 채 한번이 다 울리기도 전에 통화 버튼을 누르자 괄괄한 남자의 호통소리가 울린다.

–야! 강혁!

분노와 걱정이 뒤섞여 있는 남자, 이종욱의 외침에 강혁은 피식 웃으며 답했다.

"왜?"

–너 임마 무사한 거지? 별일 있는 거 아니지?

"무사해. 별일은 있었지만."

–그래. 무사하니 다행… 아니, 잠깐만. 뭐? 별일이 있었다니… 무슨 일인데? 뭔가 사고라도 친 거야!?

금세 흥분하며 채근해오는 이종욱의 외침에 강혁은 담담한 어조로 말했다.

"응. 형한테 톡 보내고 나 죽으려고 수면제 왕창 먹고 뻗었었거든. 근데 웬일로 안 죽고 살아났어."

–…뭐, 대체 무슨…….

이종욱의 말문이 막혔다.

강혁은 웃으며 말을 이었다.

"그렇게 정색할 것 없어. 중요한 건 내가 무사하다는 거니까."

–그, 그렇지… 무사하다면야…….

"그리고 사실 나 또 신기한 일을 겪었거든."

–뭐? 또 무슨 일이 있는 건데!?

혼란스러움을 감추지 못하는 그의 목소리를 들으며 강혁은 선언하듯 말했다.

"발악하고 싶다는 의욕이 생겼어."

—…뭐?

"이제 더 이상은 이 거지같은 상황에 처해있지 않겠다는 말이야. 전에 말했던 그 단역 오디션 건 아직도 유효해?"

—…….

감정의 파문이라도 느끼고 있는 걸까.

이종욱은 한동안 말이 없었다.

"날아간 거야?"

채근하는 강혁의 말에 이종욱은 그제야 정신을 차린 듯 대답해주었다.

—아니. 아직 있어! 이틀 뒤니까 좀 촉박하긴 해도 아직 기회는 있다고!

상당히 들뜬 목소리로 외쳐대는 이종욱의 말에 강혁은 쐐기를 박듯 덧붙였다.

"그럼 뭐해? 얼른 대본 들고 안 뛰어오고."

—아, 알았어! 지금 간다! 그러니까 거기 꼼짝 말고 있어!

이전 강혁의 행실을 고려해 봐도 지금 그가 보여주는 말투는 상당히 건방진 것이었지만, 이종욱은 그런 것 따위는 아무래도 상관없다는 듯이 고양된 어조로 말하고는 전화를 끊었다.

아마 정말로 뛰면서 자신의 숙소에 있을 대본 자료를 찾기 위해 고군분투를 시작했겠지.

그는 정말로 좋은 매니저였다.

"인간적으로도 마음에 들고."

어떤 상황에도 절대로 먼저 배신할 것 같지는 않은 타입.

그것은 분명 강혁이 가장 좋아하는 종류의 사람이었다.

❖

“그러니까… 이게 그 시나리오란 말이지?”

“어, 그래.”

이종욱으로부터 시나리오를 받아든 강혁은 눈 사이를 좁혔다.

대강 어떤 배역이었다는 건 알고 있었지만 정작 그게 어떤 시나리오의 역할인지에 대해서는 자세히 알지 못 했기 때문이었다.

그리고 마침내 손에 들린 시나리오를 간단하게나마 읽어본 강혁은 기가 막힐 수밖에 없었다.

〈〈DEAD MOON〉〉

직역하면 ‘죽은 달’ 이라는 제목을 지닌 시나리오는… 좀비가 등장하는 묵시록적인 세계관을 다루는 드라마였다.

전통적으로 좀비라면 어떤 식으로 내놓아도 평타 이상은 치게 되는 미국의 정서상 흥할 수밖에 없는 이야기.

게다가 이종욱의 말에 의하면 과거 워킹데드라는 미드를 연출했던 팀과 유명 감독까지 붙은… 실패를 할래야 할 수가 없는 작품인 것이다.

‘어쩐지….’

강혁은 다시 한 번 과거의 자신에 대해 한숨을 머금었다.

배역의 크기가 어떻든지 일단 출연해놓기만 해도 충분한 커리어로 작용할 수 있을만한 수준의 작품이었기 때문이다.

'내가 이런 기회를 걷어차려 하다니… 형이 화가 날만도 했었네.'

"…아니, 그냥 운이 없었던 건가?"

그때의 강혁과 이종욱은 단지 어긋난 것뿐인지도 모르겠다는 생각이 들었다.

아무리 그가 병신이라도 해도 처음부터 이 작품이 지닌 가치를 제대로 설명했더라면 이걸 걷어차는 뻘짓을 하려 들지는 않았을 것이기 때문이었다.

"응? 뭐라고?"

"그냥 혼잣말이야. 그보다 이 배역 오디션 날까지 이틀 남았다고?"

"어. 좀 촉박하지? 하지만 네 실력이라면 어떻게든 할 수 있을 거야. 게다가 대사도 겨우 한 마디 밖에는 없잖아."

명백하게 다독이는 듯한 말. 하지만 그도 실패할 가능이 크다는 것쯤은 알고 있는 모양이었다.

정통 배우들도 서양으로 오게 되면 특유의 감정표현이나 뉘앙스에 차이에 쉽게 적응하지 못해서 연기에 애를 먹기 마련인데, 강혁은 그야말로 단역 배우 이상의 커리어가 없는 초짜 중의 초짜가 아닌가.

애초에 강혁이 비벼볼 수 있을만한 수준의 배역이 아니었다.

이종욱도 딱히 그가 배역을 따낼 것이라 기대하고 있지는 않는 눈치.

'재밌네.'

무심코 입 꼬리를 말아 올린 강혁은 쥐고 있던 시나리오를 테이블 위로 툭 던지며 이종욱의 말에 답했다.

"물론이지. 걱정 할 것 없어. 뭐가 어찌 됐든 결국 이 배역은 내가 맡게 될 테니까."

"그, 그래? 하하하… 그래! 그렇지! 네 실력이라면 당연히 낙승이지! 하하핫!"

자신감이 넘치다 못해 아주 패기가 폭발해버린 대사였지만 이종욱은 오히려 기쁘다는 듯 웃으며 강혁의 어깨를 팡팡 두드렸다.

"자, 그럼 미팅도 끝났으니 이만 일어날까?"

어깨를 살짝 움츠려 이종욱의 손을 피해낸 강혁은 반쯤 남아있던 음료를 단숨에 삼켜버리고는 자리에서 일어났다.

"어? 가게?"

"오늘은 좀 쉬려고. 아직 약 기운이 다 안 빠졌는지 좀 노곤하네."

"아, 그래. 얼른 들어가. 근데 진짜 몸이 어디 안 좋다던가 하는 건 아니지? 병원 가봐야 하는 거 아냐?"

"괜찮으니까 호들갑 좀 떨지마. 그리고 이 동네 병원비 알면서도 그런 소릴 하냐? 그럴 돈이 있으면 자가용이나 좀 근사한 걸로 뽑아. 언제 퍼질지 모르는 똥차 타고 다니지 말고."

"똥차라니! 앞으로 5년은 더 탈 수 있어 임마!"

"궁상도 떨지 말고."

그 말을 끝으로 강혁은 완전히 자리를 떠났다.

그렇게 카페를 빠져나가려다가 그는 문득 떠오른 생각이 돌아서며 말했다.

"형."

"…어?"

"그땐 미안했어."

"뭐가?"

"유미에 대해서 경솔하게 말한 거. 아무리 화가 나도 그런 소릴 해서는 안 되는 건데… 진심으로 미안하게 생각하고 있어."

진심을 담은 강혁의 말에 이종욱의 얼굴로 바보 같은 표정이 떠오른다.

설마 그에게 이런 이야기를 들을 수 있을 거라고는 꿈에도 생각지 못했던 모양.

"하, 하하… 괜찮아 임마. 남자가 화가 나면 아무 말이나 튀어나올 수 있는 거지. 안 그러냐? 하하핫."

급속도로 어색해져가는 공기를 참을 수가 없었던 탓일까?

괜시리 크게 웃으며 덧붙이는 이종욱의 말에 강혁은 가볍게 손을 흔들어 주고는 카페를 빠져 나왔다.

"…밤인가."

의논을 하는 사이에 조금씩 흐릿해져가기만 하던 하늘은 이제 완전히 어두워져 있었다.

어스름이 내려앉은 하늘 위로는 새하얀 보름달이 구름에 반쯤 가려진 채로 은은한 빛을 비추어주고 있다.

"딱 좋은 분위기네."

오늘밤의 하늘은 시나리오 《DEAD MOON》 의 그것과 상당히 비슷한 분위기가 많았다.

이야기의 시작부터가 오늘처럼 흐린 하늘의 밤에 뜬 보름달이 붉게 물들게 되면서 진행되니까 말이다.

이야기는 어느 날 갑자기 달이 붉은색으로 변하며 시작된 재앙, 좀비사태가 벌어지게 되고서 약 5개월 뒤의 시간을 배경으로 하고 있었다.

강혁이 오디션을 보게 될 배역은 그런 세상 속을 살아가는 악인, 정확히는 피와 살육을 즐기는 미치광이 살인마였다.

안전가옥에서 버티고 버티다가 결국 물자가 모두 떨어지게 되자 어쩔 수 없이 밖으로 나설 수밖에 없었던 주인공 일행을 처음으로 가로막고 악의를 드러내는 인물.

그는 아무런 이해관계도 감정도 없이 그저 재미만으로 주인공 일행을 습격해 일행 중 하나를 붙잡아 모두가 보는 앞에서 잔혹하게 살해한다.

분노한 주인공과 일행들은 살인마에게로 살의를 드러내지만 이미 처음부터 길 건너편에 있던 살인마는 잔혹한 미소만을 남긴 뒤 사라진다.

좀비의 세상 속에서 그보다 더욱 무서운 인간의 악의를 직접적으로 드러내 보여주는 상징적인 역할.

한순간에 깊은 인상을 남겨야만 하는 만큼 어지간한 연기력으로는 명함조차 내밀 수 없는 배역이었다.

'이런 역할을 공개 오디션으로 구하려고 하다니… 그만큼이나 신중하다는 건가?'

아마 그가 감독이었다면 괜히 어설픈 신인을 구하려 들지 않고 차라리 인지도 있는 연기파 배우를 캐스팅 했을 것이었다.

"뭐, 나에겐 잘 된 일이지만."

가벼운 실소와 함께 강혁은 집이 있는 방향으로 설렁설렁 걸음을 옮겼다.

이틀이 지났다.

고대하던 오디션이 열리는 날.

이른 아침부터 기상한 강혁은 이종욱이 모는 중고 캠리 차량을 타고서 오디션장으로 향했다.

배역의 가치를 증명하듯 오디션장은 과연 많은 수의 사람들이 몰려들어 있었다.

"건웅아 컨디션은 괜찮냐?"

"벌써 다섯 번째 묻는 거야. 괜찮다고 했잖아."

"그, 그래도… 기왕이면 우황청심환이라도 먹는 게……."

"그딴 건 형이나 먹으라고."

몰려든 연기자들의 진지한 공기에 눌린 듯 이종욱이 연신 호들갑을 떨어댔다.

강혁은 쯧 하고 혀를 차고는 비어있는 자리로 가서 대충 엉덩이를 붙이고 앉았다.

'어디보자… 내 번호는 58번이니까 꽤나 기다려야 할지도 모르겠군. 지루한데 낮잠이나 살짝 자둘까?'

대기실의 의자가 생각보다 안락했던 탓일까.

요추부터 솟구쳐 오르는 릴렉스한 감각을 만끽하며 강혁은 느긋하게 하품을 했다.

❖

"다음 56번 들어오세요."

건장한 체격의 흑인 남자가 밖으로 빠져나오며 차트 같은 것을 든 여자가 다음의 번호를 불렀다.

그러자 구석에 앉아 끈임 없이 대본을 중얼거리던 걸

멈추고 오디션장의 안으로 터덜터덜 발걸음을 옮기는 금발의 백인 남자.

'벌써 여기까지 왔나?'

스르륵 눈을 뜨며 백인 남자가 오디션장의 문 너머로 들어서는 것을 확인한 강혁은 시계를 확인했다.

오디션이 시작되고 나서 아직 1시간도 지나지 않은 상태.

아무리 한 줄 뿐인 대사의 단역이라고 해도 지나치게 짧게 소모된 시간이었다.

단순 계산으로만 따져도 한 명당 기껏해야 1~2분 정도의 시간 밖에는 부여받지 못했다는 뜻이니까 말이다.

"슬슬 준비해야지."

자리에서 일어나서 늘어지게 기지개를 켠 강혁은 그대로 스트레칭을 하며 여기저기 굳은 근육들을 풀어주었다.

별다른 의미가 있는 행동은 아니었다.

그저 몸에 새겨진 긴장을 최대한 이완시켜 최상의 컨디션을 만드는 습관적인 움직임일 뿐.

"다음 57번 들어오세요."

금발 남자가 들어간 지 1분도 되지 않아서 안내 여성이 다음번의 번호를 불렀다.

동시에 열려진 문으로 무거운 표정을 한 금발의 사내가 터덜터덜 걸어 나온다.

아무래도 오디션을 망친 모양이었다.

"제기랄!"

금발 남자는 스스로에게 분이 차오르는지 욕설을 내뱉으며 땅바닥을 걷어찼지만 그런다고 달라지는 게 있을 리는 없었다.

56번 금발 백인 남자는 결국 땅이 꺼질 듯한 한숨을 토한 뒤 외롭게 오디션장을 떠났다.

"쯧, 그러길래 처음부터 주제를 알고 덤벼야지."

그가 계단 아래로 사라져가기가 무섭게 옆자리에 앉아있던 남자가 비아냥거리듯 말했다.

힐끗 고개를 돌리자 30대 초반 정도로 보이는 히스패닉계 남자가 혀를 차며 고개를 절레절레 흔들고 있는 모습이 보인다.

그는 편안한 복장의 다른 참가자들과 달리 떡 지고 헝클어진 머리에 지저분한 티셔츠를 입고 한쪽 팔에는 피가 묻은 붕대까지 감고 있었는데 그 모습이 꽤나 그럴듯해 보였다.

복장부터가 지문에 나오는 살인마의 분위기를 나름대로 최대한 재현하기 위해 많은 노력을 기울인 티가 났던 것이다.

하지만 강혁은 이내 고개를 절레절레 흔들었다.

어디까지나 감일 뿐이지만… 그에게 차려입은 소품만큼을 받쳐주는 만큼의 연기력이 있을 것 같지는 않아보였기 때문이었다.

'뭐 어차피 배역은 내거지만.'

다음번의 참가자로 보이는 62번 히스패닉 계 남자를 일별한 강혁은 적절히 시간을 가늠하며 문 쪽으로 다가갔다.

"다음 58번 들어오세요."

역시나 1분도 버티지 못하고 나오는 57번 남자.

대체 언제 들어갔는지도 모를 정도로 존재감이 옅어 보이는 남자는 시체 같이 보이는 얼굴로 한숨을 내쉬더니 말없이 강혁의 옆을 스쳐지나갔다.

문 앞에서 안내 여성에게 뱃지를 확인받은 강혁은 새삼스럽게 스스로의 복장을 체크했다.

흰색 와이셔츠에 검은색 슬랙스 바지 차림의 평범하다면 평범하다고 할 수 있는 복장.

"썩 나쁘진 않네."

요란스럽게 분장을 하고 온 저 히스패닉 계 남자에 비하면 역시 모자라다는 생각이 들긴 했지만… 연기는 분장을 잘한다고 해서 점수를 높게 받을 수 있는 게 아니니까.

"후우."

사실 속으로는 어떠한 긴장도 하고 있지 않았지만, 의식적으로 심호흡을 해 다시 한 번 긴장감을 다스린 강혁은 열려진 문을 통해 오디션장의 안으로 들어섰다.

"……."

문을 열고 들어서기가 무섭게 정면에서 조여드는 형형한 눈빛들.

그것을 담담히 받으며 테스트를 받을 자리에 가서 선 강혁은 심사위원 석에 앉아 있는 이들의 면면을 한번 크게 돌아보았다.

총 다섯 명으로 구성된 심사위원들은 제각각의 복장을 하고 있었는데, 가장 중앙에 위치한 양복 차림의 노신사가 바로 이번 드라마를 총괄하는 감독인 것 같았다.

그의 좌측에는 여자 주인공 배역을 맡았을 것으로 추정되는 미모의 갈색머리 여성이 있었으며, 우측에는 좀 우직한 이미지를 지닌 곰 같은 인상의 흑인 남자가 팔짱을 끼고 앉아 있었다.

여자 주인공의 옆에는 척 봐도 고급스러운 양복을 입은 사내가 거만한 표정을 한 채로 의자에 눕듯이 기대어 앉아 있었는데, 그러면서도 옆자리의 여주인공에게 계속해서 신경을 쓰는 것이 아마도 투자자 중 하나인 것처럼 보였다.

심사위원석의 가장 우측 흑인 남자의 옆에는 꼬장꼬장한 인상의 중년 남자가 펜을 들고서 연신 종이 위를 휘갈기고 있었는데 별다른 의미가 있는 건 아니고 습관적으로 낙서를 하고는 있는 듯 했다.

'하나 같이 다 만만해 보이는 얼굴은 아니네.'

강혁은 실소를 머금으며 선 자리에서 자세를 바로 한 뒤 준비를 완전히 갖추었다는 제스처를 취해보였다.

"험, 험험!"

역시나 가장 먼저 입을 연 것은 중앙자리의 노신사였다.

그는 헛기침을 해 주변을 환기시킨 뒤 이내 또렷한 어조로 말했다.

"58번 참가자… 흠, 써져 있는 이력이 전혀 없군요? 게다가 국적은 한국인이고……."

강혁의 이력을 읽어가던 노신사의 표정이 좋지 않게 찌푸려져 간다.

당연한 반응이다.

그의 입장에서 보았을 때에 강혁은 아무 것도 증명하지 못한 애송이 무명 배우에 불과할 테니까.

하지만 강혁은 조금도 기죽지 않은 채 오히려 당당한 얼굴로 말했다.

"이력 같은 게 중요한가요? 중요한 건 제가 배역에 어울리는 연기를 할 수 있느냐 없느냐가 아닙니까?"

다소 건방질 수도 있는 대답.

"어머!"

"…허!"

하지만 감독은 여전히 기품 있는 얼굴로 웃으며 말했다.

"허허, 하긴 그렇구만. 연기자는 연기로 말해야 하는 법이지."

"기대하셔도 좋을 겁니다."

떠보는 듯한 감독의 말에 강혁은 재차 자신감을 어필했다.

"허허허, 그것 참. 패기만큼은 마음에 드는군 그래."

'좋군.'

강혁은 속으로 쾌재를 불렀다.

다행히 감독은 그의 어필을 건방짐이나 무모함 따위가 아니라 진정한 의미로의 자신감으로 받아들여준 모양이었다.

'이쯤이면 되겠어.'

처음과는 달리 눈에 띄게 밝아진 분위기에 강혁은 옅은 미소를 입가에 머금었다.

그리고… 적당한 타이밍을 가늠하며 준비해온 연기를 막 선보이려고 하던 순간이었다.

"흥! 감당하지도 못할 소리를 지껄이는군! 애초에 동양인 따위가 여기에 왜 온 거지? 영어를 제대로 할 수나 있나?"

장내로 선명하게 울려 퍼지는 날카로운 독설!

훈훈해지던 분위기로 한순간에 찬물을 끼얹은 존재는 심사위원석의 가장 좌측에 있던 거만한 인상의 남자였다.

"잠깐만요. 리처드 씨!"

도끼눈을 뜨며 남자를 쏘아보는 여주인공 여자.

"왜? 내가 뭐 틀린 말 한 건 아니잖아!"

하지만 노골적인 책망의 시선에도 그는 자신이 뭘 잘못했냐는 듯한 태도로 오히려 역정을 냈다.

강혁은 말없이 그를 응시했다.

그리고 찰나의 적막이 찾아드는 순간!

저벅…

"!"

강혁의 발걸음이 그에게로 다가섰다.

"뭐, 뭔데? 꼴에 주먹질이라도 하게? 역시 이래서 미개한 것들은……."

의도적으로 기척을 확산시킨 발걸음에 필요이상으로 놀라며 움찔거리는 리처드.

하지만 그런 와중에도 그는 기가 죽지 않고서 연신 독설을 토해내는 모습이었다.

'좋군 좋아.'

갑자기 난입한 도우미 '배우'의 열연 덕분에 한껏 집중되어진 시선들에 강혁은 속으로 회심의 미소를 머금었다. 그리고 동시에 마치 어린아이의 그것과도 같이 천진한 미소를 지어 보인다.

단지 웃는 얼굴일 뿐인데도 보는 이로 하여금 묘한 긴장감과 위화감을 갖게 만드는 미소.

"무, 무슨…!?"

아무 것도 하지 않았음에도 불구하고 리처드는 혼자서 겁을 집어먹고 허우적거리고 있었다.

그런 리처드의 모습을 보며 강혁은 입꼬리를 조금 말아 올려 더욱더 짙은 미소를 지어보였다.

그리고는 친구에게 건네듯 가벼운 어조로 말하는 것이다.

"미친 세상에서는… 나 같은 놈이 오히려 더 정상인 게 아닐까?"

그것은 시나리오에 나와 있는 살인마 배역의 공식 대사였다.

모두의 시선이 집중되는 찰나의 순간 강혁은 완벽한 싸이코패스 살인마가 되어 모두에게 존재감을 과시하고 있었던 것이다.

강혁은 의도적으로 심사위원들을 한 번 크게 훑어보며 시선을 마주친 뒤 다시 리처드에게로 시선을 향했다.

벌써 잔뜩 겁에 질려서는 앉은 자리에서 엉덩이를 들썩거리고 있는 리처드.

바로 그때.

웃고 있던 강혁의 얼굴이 싸늘한 굳어지며 무표정으로 돌아섰다.

감정이라고는 찾아볼 수 없는, 기계와도 같은 표정.

"끄으…."

온 몸을 잠식해오는 섬뜩함에 리처드는 저도 모르게 헛숨을 집어삼켰다.

그런 그를 무심한 눈으로 쳐다보며 강혁은 천천히 얼굴을 접근시켰다.

서로의 숨결이 느껴질 만큼 가까운 거리가 될 때까지.

그리고 마침내 서로의 호흡이 얽히며 긴장의 끈도 함께 얽히기 시작했을 때.

강혁은 씨익- 하고 웃으며 속삭이듯 말을 이었다.

"…안 그래?"

새하얀 치아를 드러내며 드러내어 보이는 순수한 악의.

죄책감을 모르기에 더욱더 잔인해질 수밖에 없는 어린아이의 그것처럼… 천진하면서도 잔혹해 보이는 미소에 리처드는 끝내 비명을 내지르고 말았다.

"히이익-!"

쿠당탕!

리처드는 균형을 잃고 의자와 함께 바닥으로 나뒹굴었다.

더 이상 압박을 했다가는 오줌이라도 지릴 것처럼 하얗게 질려버린 얼굴.

'쯧, 그래도 지리면 곤란하지.'

아무렇지 않게 리처드의 모습을 일별하며 물러선 강혁은 자연스럽게 기세를 풀며 본래의 위치로 돌아왔다.

"……."

"……."

하지만 심사위원들은 그 누구도 쉽사리 입을 열지 못했다.

"저기… 다 했습니다만?"

결국 참지 못한 강혁이 먼저 말을 꺼내자 감독은 화들짝 놀라며 그제야 말을 받아주었다.

"아! 이거 미안하네. 나도 모르게 자네 연기가 남긴 여운에 잠겨 있었던 모양이야."

"확실히… 대단한 연기였죠?"

"요즘 놈들 치고는 꽤나 봐줄만하군."

"하하, 부끄럽지만 저는 순간 무서워서 소름이 돋았었어요."

감독의 말이 떨어지기가 무섭게 줄곧 침묵하고 있던 심사위원들이 저마다의 감상을 꺼내며 의견을 교환한다.

"크윽! 대단하긴 뭐가 대단하다는 거야! 저런 건 그냥 협박이잖아! 위험한 녀석이야! 분명히 실제로도 살인 따위는 아무렇지 않게 할 수 있는 미치광이 녀석 일거라고!"

나동그라진 채 얼빠져 있던 리처드가 신경질적으로 일어서며 난동을 피워댔지만 그 누구도 그의 말에 집중하는 이는 없었다.

'흠, 묘하게 예리한데?'

자신도 모르게 진실에 상당부분 근접한 리처드의 발언에 강혁은 실소를 머금었다.

"저는 이만 물러가도 되겠습니까?"

"아… 그렇지. 자네도 바쁠 테니 나가봐도 좋네. 안나양?"

"네. 감독님."

감독의 말에 문 옆에 차트를 들고 서있던 안내 여성이 공손하게 답한다.

"이분 보내드리고… 다음 번호 참가자들은 잠시 대기시

켜주게나. 심사위원들끼리 조금 회의를 해봐야만 될 것 같으니까 말일세.”

“알겠습니다. 감독님.”

안나는 이번에도 공손하게 고개를 끄덕이고는 벌써 문 앞까지 다가간 강혁을 위해 문을 열어주었다.

덜컥-

문이 열리고 밖으로 나서자 일시에 집중되어지는 시선.

그것을 무시하며 강혁은 가벼운 발걸음을 옮겨 계단 쪽으로 향했다.

아래로 내려가는 강혁의 등 뒤로 안나의 목소리가 들렸다.

“지금부터 잠시 대기시간을 갖겠습니다. 남아계신 참가자분들께서는 그 동안 충분한 휴식을 취해주세요.”

이어지는 참가자들의 아우성치는 목소리들.

“뭣? 갑자기 왜!?”

“대기시간이라니… 벌써 1시간 넘게 기다렸다고!”

“큭, 젠장… 설마?”

그 모든 말들을 대충 흘려들으며 강혁은 미련 없이 오디션장을 떠났다.

“어차피 뽑히는 건 나니까.”

자신감 어린 독백과 함께 강혁은 폰을 꺼내어 근처 카페에서 대기하고 있을 이종욱을 불러냈다.

“어때? 잘 봤어?”

불러낸 지 5분도 지나지 않아 빠르게 모습을 드러낸 이종욱이 묘하게 기대감이 어린 목소리로 물어본다.

강혁은 피식 웃으며 답했다.

"글쎄?"

"아~ 어떻게 된 건데? 응? 잘했어? 아니면… 못 한 거야?"

"그냥 기다려봐. 잘 한 거면 연락이 오겠지."

"그, 그렇겠지? 하긴 아직 심사도 다 안 끝났을 텐데 내가 너무 호들갑을 떨었나 보다."

이종욱은 스스로를 진정시키려 하면서도 조금은 시무룩해진 기색을 감추지 못했다.

하지만 그것도 잠시.

이종욱은 금세 밝아진 얼굴로 앞장을 서서 걸으며 말했다.

"그보다 고생했는데 점심이나 먹으러 가자! 요 근처에 싸고 맛있는 가게가 있더라고."

"형 미각에 안 맛있는 음식이 어딨어? 형은 영국 음식도 맛있다면서 먹는 사람이잖아. 그냥 저 앞에 일식집이나 가자. 내가 쏠 테니까."

"아냐! 그 가게 음식 진짜 맛있거든? 꽤 유명해! 헌데 그보다 전부터 갑자기 돈이 어디에서 나서 자꾸 쏘겠다는 거야? 너 설마… 또?"

이종욱은 이해가 안 간다는 얼굴로 말을 이어가다가 순간 흠칫 놀라며 강혁을 쳐다본다.

"걱정 마. 형이 생각하는 그런 건 절대 아니니까."

"그럼… 어떻게 된 건데?"

"그냥 복권을 긁었는데 운 좋게 당첨이 된 거야."

"…진짜냐?"

긴가민가한 얼굴로 다시 물어보는 이종욱.

강혁은 대수롭지 않게 고개를 끄덕이며 답했다.

"어. 진짜니까 걍 믿어."

"뭐… 그야 나는 네 말 믿지."

한층 수그러든 이종욱의 대답에 강혁은 고개를 끄덕였다.

"좋아. 그럼 점심이나 먹으러 가자고."

"근데… 진짜 네가 쏠 거냐?"

"아니. 생각이 바뀌었어. 형이 알아본 가게로 가자고. 물론 점심도 형이 쏘고."

"…어? 갑자기 왜?"

"이미 지나간 버스는 다시 돌아오지 않는 법이야."

날카로운 명언과 함께 강혁은 이종욱을 독촉해 그가 봐두었다던 가게로 향했다.

가게는 단층 밖에 없는 조그만 크기의 카페 겸 식당이었는데 메뉴는 몇 가지 없었지만 확실히 맛은 꽤나 괜찮은 편이었다.

그렇게 식사를 마친 두 사람은 그대로 차를 몰아 다시 집 근처 동네로 돌아왔다.

강혁은 다시 화창한 캘리포니아의 하늘을 만끽하며 하릴없이 동네를 걸어 다녔다.

그리고 저녁쯤을 기하여 이종욱에게서 연락이 왔다.

–야! 대박이야 대박!

한껏 격앙된 목소리.

"왜? 뭔데?

–너 오디션에 뽑혔다고 임마! 이건 진짜 히트다 히트!

예상대로 살인마 배역의 오디션을 당당히 따낸 것이다.

"아, 그래? 잘 됐네."

호들갑을 떨다 못해 아예 괴성에 가까운 소리를 질러대는 이종욱의 반응에 강혁은 시크하게 답한 뒤 전화를 끊었다.

"제대로 촬영 일정 나오면 말해줘."

–어? 그, 그래. 근데 넌 어째 별로 안 기쁜….

뚝–

전화가 끊어진 폰을 주머니 속으로 아무렇게나 집어넣으며 강혁은 채 완성되지 못한 이종욱의 말에 답했다.

"이미 될 걸 알고 있었으니까."

심드렁하게 답하며 늘어지게 하품을 한 강혁은 문득 떠오른 생각에 다시 주머니 속에 박아 넣었던 폰을 꺼내어 들었다.

"딱히 할 일도 없는데 폰이나 바꾸러 갈까?"

아직 비밀 장소에서 건진 자금은 많이 남아 있었다.

폰 하나 바꾸는 정도의 사치는 부려도 되리라.

톱스타의 킬링필드

Hell is coming

chapter 6. 씬 스틸러

chapter 6. 씬 스틸러

시간은 빠르게 지나갔다.

살인마의 배역을 따낸 것 외에는 어떠한 이슈도 없이 그저 시간을 보내고만 있었던 것이다.

"흐아암~!"

강혁은 집 근처 동네의 공원 벤치에 기대어 앉아 늘어지게 하품을 하며 기지개를 폈다.

강혁은 그대로 멍하게 있다가 주머니에서 얼마 전 바꾼 최신형의 아이폰을 꺼내어 들었다.

"게임이나 할까."

딱 하릴없는 백수나 할 법한 대사.

바로 그때.

–문~ 리버….

전화가 걸려왔다.

“응. 형 왜?”

–너 어디야? 집에 없는데?

전화를 걸어온 대상은 매니저인 이종욱이었다.

강혁은 나른한 목소리로 답했다.

“근처 공원인데?”

–공원? 어딘데? 내가 지금 바로 갈게.

“왜? 뭔 일이라도 있어?”

영문을 모르겠다는 듯이 되묻는 강혁의 말에 이종욱은 답답하다는 듯한 목소리로 답했다.

–까먹었어? 오늘 데드문 첫 촬영 날이잖아!

“알지. 근데 내 부분은 2회분부터라서 일주일 뒤에나 찍는 거 아니었어?”

–그게… 남자 배우 일정 때문에 오늘 먼저 찍게 될 수도 있데. 그러니까 일단 와서 기다려보라고 하더라고…….

“쩝, 갑질이네.”

강혁은 간단히 결론을 내리고는 낮게 혀를 찼다.

–어디야? 아직 시간 여유는 있는데 미리 움직여야지.

“그냥 집 앞에서 대기하고 있어. 지금 바로 갈 테니까.”

재촉하는 이종욱의 말에 고개를 끄덕이며 대답한 강혁은 그대로 전화를 끊고는 빠른 발걸음을 옮겨가기 시작했다.

❖

“여긴가? 그럴싸한데?”

이종욱의 차를 타고 헐리우드로 들어선 강혁은 이내 스텝의 안내를 받아 드라마 ‘데드문’ 의 촬영장소로 들어설 수 있었다.

넓은 부지로 망가진 도시의 전경이 그대로 펼쳐져 있는 실물 그대로의 세트장.

‘오래 전부터 준비되어온 프로젝트라고 하더니… 생각보다 훨씬 더 대작이 될지도 모르겠는 걸?’

감탄과 함께 다가선 세트장에는 수백의 가까운 스텝들과 더불어 수많은 사람들이 자리하고 있었다.

한쪽에서는 누더기 같은 옷을 입은 사람들이 좀 더 완벽한 좀비 분장을 위해 특수 화장을 받고 있었으며, 한쪽에서는 엔지니어들이 장비를 살펴보는데 여념이 없다.

드라마의 첫 시작 장면이라고도 할 수 있는 안전가옥 세트장 쪽에서는 전에 보았던 그 노신사 감독이 편안한 복장을 한 채로 배우들에게 연신 무언가를 지시하고 있었다.

아무리 강혁이라고 해도 압도될 수밖에는 없는 장면.

해서, 미아라도 된 것 마냥 어쩔 줄을 모르고 서성거리고 있자 근처를 지나던 다른 스텝이 먼저 다가오며 말을 걸어왔다.

“살인마 역의… 강혁님이시죠?”

"아, 네."

"잘 오셨어요. 감독님께서 오시면 바로 모셔오라고 하더라고요. 이리로 오세요."

수더분한 인상의 여성 스텝은 그 말을 끝으로 바로 돌아서서 감독이 있는 방향으로 향했다.

강혁은 가볍게 고개를 끄덕이고는 그녀의 뒤를 따랐다.

"감독님. 여기 강혁님이요."

"그러니까 잔잔하면서도 긴장감이 있게… 응? 아! 드디어 왔구만 인사 하게나 다들 이 드라마를 이끌어갈 주역들이니까."

한참 떠들어대고 있던 감독이 강혁을 발견하고는 반갑다는 듯 웃으며 모두에게로 소개를 한다.

일순 집중되어지는 시선들.

백인, 흑인, 동양인을 비롯한 다양한 인상과 나이대의 남녀가 관찰하듯 쳐다본다.

강혁은 모두를 한 번 가볍게 훑어보고는 천천히 입을 열었다.

"안녕하세요. 저는 2회 분량에 나오는 살인마 역으로 캐스팅 된 강혁이라고 합니다. 한국 사람이고요. 부르기 힘들면 혁이라고 불러도 좋아요."

"오? 코리언? 게임 잘해요?"

소개말이 끝나기가 무섭게 장난스런 이상의 흑인 남자가 친근하게 말을 건네어 온다.

"안녕하세요? 전 이미 한 번 봤죠? 캘리 스완이라고 해요. 그때는 통쾌 했었어요. 부디 잘해 봐요 우리."

그 뒤를 이어 윙크를 하며 말을 걸어오는 미모의 갈색머리 여자.

"허허, 이제 보니 자네가 바로 그 무서운 친구구만? 난 아론 파이퍼라고 하네. 어디 한 번 잘해보자구!"

캘리의 뒤를 이어 악수를 건네어오는 중년 남자는 아일랜드계의 사람처럼 보였다.

건장한 체격과 달리 순박해 보이는 인상으로 친근함을 표하는 그의 미소에 강혁은 마주 웃으며 악수를 받아주었다.

신입에게로 향하는 친절한 반응은 딱 거기까지.

나머지 배우들은 그저 어색한 얼굴로 강혁을 멀뚱히 쳐다보기만 할 뿐이었다.

'…뭐, 당연한 반응이니까.'

뭔가 얼굴만 봐도 알아볼 정도로 유명한 배우도 아니고 동양인인데다가 심지어 역할은 겨우 한순간 등장했다가 사라지는 단역인 것이다.

나름대로 중요하고 임팩트 있는 역할이라고는 하지만, 이야기의 주역이라고도 할 수 있는 그들에게 있어서 강혁은 굳이 친해져야 할 만한 이유를 찾아 볼 수 없는 말 그대로의 단역에 불과했다.

유일하게 같은 동양인이자 아마도 중국계로 추정되는 여자만이 신경을 쓰며 말을 걸고 싶어 하는 눈치였지만 주변의 분위기를 신경 쓴 탓인지 끝내 입을 열지는 않는 모습이었다.

그녀는 드라마 속에서 살인마의 손에 죽게 되는 일행의 첫 번째 희생자였다.

아무튼, 사람들의 반응 따위는 상관하지 않고 인사를 걸어온 사람들과만 간단히 인사를 나눈 강혁은 감독을 보며 직접 물었다.

"저기 근데… 매니저한테 들어보니 오늘 제가 촬영을 할 수도 있다고 하던데 실제론 어떤가요?"

"흐음, 그게 말일세…."

잠시 뜸을 들이며 말을 끄는 감독. 그리고 이내 충분히 고심을 한 그의 입술이 다시 열리려는 찰나였다.

"헤이~ 모두들 안녕하세요!"

다소 경박한 목소리와 함께 세트장의 입구로부터 소란이 일었다.

고개를 돌려보자 훤칠한 키에 잘생긴 얼굴의 남자가 크게 손을 흔들어 보이며 이쪽으로 다가오는 모습이 보인다.

강혁은 단숨에 일이 어떻게 돌아가고 있는지 알아챌 수 있었다.

'하아… 그렇구만.'

다가오는 남자의 얼굴이 결코 몰라볼 수가 없는 유명한 것이었기 때문이다.

특히나 최근에는 더더욱 말이다.

"…슈퍼스타님의 꼬장이란 말이지."

"!"

"…헙!"

무심코 입 밖으로 낸 강혁의 말에 모두가 놀란 눈으로 나를 쳐다봤다.

슈퍼스타는 반가운 얼굴로 다가오며 너스레를 떨었다.

"하하, 다들 여기 모여 있었네. 늦어서 미안해요. 알다시피 내가 요즘 너~무 바빠서."

약간은 거만함이 묻어나는 슈퍼스타님의 인사말.

하지만 모두의 시선은 강혁에게로 집중되고 있었다.

묘한 기대감을 머금은 채로 말이다.

특히나 감독이나 캘리의 경우에는 아예 대놓고 뭔가 일어나기를 바라고 있는 듯한 표정.

'나 참, 대체 무슨 소문이 돈 건지…….'

다들 그가 슈퍼스타를 상대로 깽판이라도 칠거라고 생각하는 눈치였다.

"어이~ 다들 왜 그래? 늦은 건 미안하다니깐?"

슈퍼스타님은 어지간히 마이페이스적인 사람인 건지 주변의 공기 따위는 전혀 신경 쓰지 않고 떠들어대고 있었다.

"아, 괜찮아요. 어차피 본격적인 씬은 아직 들어가기 전이니까."

"저도 괜찮네요. 어차피 이젠 익숙해졌으니까."

"…자, 잘 부탁드립니다."

그제야 하나둘씩 받아주는 인사에 슈퍼스타의 입가로 다시 경박스런 미소가 들어찬다.

그렇게 모두가 노닥거리며 인사를 나누던 슈퍼스타가 강혁을 발견하고는 고개를 갸웃거리며 물어왔다.

"응? 그런데 이 사람은?"

진심으로 모르겠다는 듯한 표정을 한 그의 모습에 강혁은 먼저 나서며 스스로를 소개했다.

"반가워요. 전 강혁이라고 합니다. 이번에 살인마 역에 캐스팅 되었죠. 잘 부탁드립니다."

더하지도 못하지도 않는 표준적인 인사말.

슈퍼스타는 애매한 표정을 지으면서도 반갑게 인사를 받아주었다.

"아… 네. 반가워요. 저는 누군지 알죠? 하하핫."

스스로에 대한 자부심이 넘쳐나는 말투에 강혁은 피식 웃으며 고개를 끄덕여보였다.

"물론 알죠. 요즘 제일 잘나가는 슈퍼스타잖아요?"

"슈퍼스타요? 푸하하, 하긴 제가 좀 잘나가죠!"

은근한 비꼼을 담은 말이었지만 슈퍼스타는 전혀 눈치채지 못한 채 그저 기뻐서 또 잘난 척을 해댔다.

강혁은 굳이 지적하지 않고서 그와의 인사를 마무리 지었다.

그는 그럴만한 자격이 충분히 있는 상대이기 때문이었다.

'지금의 시점에는 말이지.'

잘나가는 상대를 일부로 적대하고 척을 질만큼 강혁은 어리석지 않았다.

'하지만… 또 놀라게 되는군. 설마하니 잭 스미스라니…….'

이런 드라마에서 볼 수 있을 거라고는 꿈에도 생각지 못했던 상대였다.

잭 스미스.

올해로 25살인 그는 2년 전에 개봉한 히어로 영화로 인해 일약 스타덤에 오른 배우였다.

어떠한 무명 생활도 겪지 않고서 데뷔하는 즉시 스타의 반열에 오른 것이다.

거기에다가 그는 이후로 찍어낸 작품들이 족족 성공하게 되면서 이제는 헐리우드 전체에서도 손꼽히는 몸값을 갖게 된 말 그대로의 슈퍼스타였다.

"그런 상대한테 굳이 밉보일 필요는 없으니까."

모두의 실망(?)을 뒤로하고 무리에서 빠져나온 강혁은 슬슬 촬영준비를 갖추기 시작하는 모습을 멀찍이서 쳐다보며 낮게 중얼거렸다.

찍으려고 준비하는 장면은 주역들이 등장하는 드라마의 첫 장면이라고도 할 수 있는 안전가옥 내부의 모습.

이곳에서 고립된 주역들은 암울한 상황 속에서의 갈등을 연기하다가 결국 살기위해서는 밖으로 나가야만 한다는 결론에 치닫게 된다.

그 과정에서 안전가옥 근처에 몰려있던 좀비들을 쓰러뜨리고 몰려드는 좀비들을 피해 필사의 도주를 감행하면서 드라마의 1회분이 마무리 지어지는 것이다.

좀비 드라마 특유의 그로테스크함과 암울함을 강조하면서도 생존을 위한 일행들 간의 갈등을 집중적으로 보여줌으로 인해 쪼이는 맛을 극대화시키는 내용.

그러면서도 후반부에는 좀비 드라마의 본질에 어울리는 박진감 넘치는 도주 씬을 넣어서 몰입도를 그야말로 최고조까지 끌어올린다.

특히나 마지막에는 일행의 도주를 위해서 이야기의 주인공인 카인(잭 스미스)이 홀로 미끼가 되어 좀비들을 유인하다가 결국 홀로 고립되는 장면으로 끝이 나는 것이다.

바깥을 가득 메운 좀비 떼.

언제 부서질지 모르는 문.

무기 하나 손에 들려있지 않은 암담한 상황의 삼박자 속에서 데드문의 1화가 끝이 난다.

'대본만 봐도 이게 얼마나 흥할지 알겠어.'

워킹데드 연출진과 유명 감독의 만남이 가지는 시너지는 그야말로 어마어마했던 것이다.

게다가 기본적인 성격이야 어쨌건 잭 스미스는 잘생기고 인기 있으며 나름대로 재능까지 있는 배우.

그가 주연을 맡았다는 것만으로도 드라마 '데드문' 은 화제가 될 수밖에 없었다.

"그러니까 이 기회를 잘 살려야지."

얼핏 듣자하니 잭 스미스는 다른 영화의 촬영 건으로 인해 1회분의 씬과 더불어 2회분에서 비교적 짧게 나오는 자신의 씬을 몰아서 찍는다는 모양이었다.

즉, 강혁 역시도 오늘 맡은 배역을 소화하게 된다는 말이다.

강혁이 맡은 살인마 역과 잭 스미스가 맡은 카인 역이 만나는 부분은 2회분의 후반부에서 카인이 어렵사리 일행과 합류하면서부터이기 때문이다.

스토리는 이러했다.

카인의 희생으로 무사히 좀비 떼의 추격을 피할 수 있었던 일행은 겨우 한산한 구역으로 오게 되지만 제대로 숨을 돌리기도 전에 습격을 받게 된다.

어디선가 석궁의 볼트가 날아들며 일행을 공격하기 시작했던 것이다.

보이지 않는 곳에서 날아드는 습격을 피해 고립된 일행은 집안에 도주한 집안에 갇혀서 이러지도 저러지도 못하는데 바로 그때 죽었을 것으로만 생각했던 카인이 합류하게 된다.

그리고… 바로 다음 장면에서 일행들은 한 가지 사실을 알아차리게 된다.

일행 중 한 명이 사라졌다는 사실을 말이다.

사라진 사람은 바로 중국계의 여성인 메이였다.

그녀는 극도의 공포감에 패닉에 빠져 홀로 방에 틀어박혔었는데 모두의 시선이 부상을 입은 카인의 구조로 집중되어진 사이 거짓말처럼 사라지고 말았다.

그리고 그녀는 데드문의 2회분 마지막 장면에서 '제물'로서 모습을 드러낸다.

살아남은 일행들과 드라마를 보는 사람들로 하여금 앞으로의 생활이 얼마나 잔혹하고 끔찍한 것일지를 드러내 보여주는 제물이 되는 것이다.

포박된 메이를 구속한 채로 일행들이 있는 건너편의 창가에 모습을 드러낸 살인마는 모두가 보는 앞에서 예의 그 대사를 내뱉으며 아무렇지 않게 메이의 목을 그어 숨통을 끊어버린다.

단숨에 목줄이 베어진 메이의 시체는 그대로 힘을 잃고서 창밖으로 떨어져 내리고 처참하게 박살난 그녀의 시체는 좀비들의 먹잇감이 된다.

분노한 일행은 살인마에게 살의를 드러내지만 그들이 할 수 있는 일은 아무것도 없다.

둘 사이에는 10미터가 넘는 거리가 있었으며, 지상은 소리를 듣고 찾아든 좀비떼로 인해 이미 바글바글해져버린 상태이기 때문이다.

분노에 차서 소리만 질러대는 일행을 보며 살인마는

비웃듯 상쾌한 미소만을 지어보인 뒤 사라진다.

거기까지가 강혁이 이 드라마에서 나오는 모든 장면이자 이 이야기의 본질을 관통하는 가장 중요한 장면이었다.

"자, 그럼… 어디 한 번 다들 얼마나 잘하는지 구경이나 해볼까?"

잠시 시나리오를 점검하며 생각에 잠겨있는 사이 주역들은 어느새 복장을 다 갈아입고 특수화장까지 하여 완벽하게 각자가 맡은 역할들로 분해있었다.

"모두 준비 됐겠지? 씬 4-1부터 간다!"

어느새 모든 촬영 준비를 갖춘 감독이 메가폰을 든 채로 지시를 내리기 시작했다.

주역들이 안전가옥의 세트 안으로 하나 둘씩 자리를 잡고서 연출팀들이 각자의 장비를 든 채로 그들의 주변을 둘러싸듯 감싼다.

그리고….

"레디~ 액션!"

감독의 외침과 함께 슬레이트가 떨어지는 순간!

배우들은 완벽하게 몰입하여 좀비들이 넘쳐나는 암울한 세계에서 살아남은 생존자들의 모습으로 변해있었다.

❖

"젠장! 젠장… 제기라알!"

동료의 희생으로 겨우 달아나는데 성공한 일행이 일제히 숨을 고르며 주저앉은 가운데 건장한 체격의 흑인 남자가 울분에 찬 욕설을 토해낸다.

그의 이름은 다니엘 필립스.

데드문 이전 소방관이었던 그는 카인의 희생 앞에서 그저 도망칠 수밖에 없던 자신의 모습이 더없이 부끄럽게 느껴졌다.

그것은 비단 그만의 감정이 아닌 이 자리에 살아남은 모두의 감정이었다.

재난 이후 도망쳐온 안전가옥에서 5달 동안이나 함께 동고동락하며 지내온 사이가 아니던가.

어느 누구도 지금 순간 마음이 편할 리는 없었다.

그것을 알기에 자리의 누구도 주변의 물건을 걷어차며 분노를 표출하는 다니엘의 행동을 막지 않았다.

그들 역시도 같은 기분이기에.

누군가는 앉은 채로 욕설을 머금었으며, 누군가는 무릎을 끌어안은 채 흐느꼈다.

물론 개중에는 고작 그런 일로 카인이 죽을 리 없다며 희망에 찬 말을 중얼대는 이도 있었지만 대부분의 반응은 저마다의 방식으로 애도에 잠기는 것이었다.

반대편의 속으로는 희생당하게 된 것이 자신이 아니라는 사실에 기뻐하면서 말이다.

그렇게 한동안 늘어져 있던 일행은 결국 애도하는 것마저

지쳐서는 자리를 털고 일어났다.

"일단 움직이세나. 언제까지고 이곳에 머물러 있을 수는 없지 않은가."

"…그렇겠죠."

일행 중 가장 연장자인 중년 백인 남자 클라크의 말에 다니엘이 맥없이 고개를 끄덕였다.

그도 아는 것이다.

이곳에 계속 머물러 있어서는 카인의 희생마저도 개죽음으로 만들게 된다는 사실을 말이다.

"…그런데 어디로 가죠?"

잠자코 있던 중국계 여성 메이의 말.

그에 갈색머리칼의 백인 미녀 엠마가 나서며 말했다.

"이 길로 쭉 따라서 가면 저희 집안에서 운영하던 대형 몰이 있어요. 거기까지만 가면 아마 숨통을 트일 수 있을 거예요."

"몰? 헉! 설마 허드슨 마트가……."

"맞아요. 저희집거죠. 아무튼, 지금 그게 중요한 건 아니잖아요. 허드슨 마트에는 조그맣게나마 무기상도 들어서 있으니 쓸 수 있는 무기를 구할 수 있을지도 몰라요."

엠마 허드슨의 말에 일행은 말없이 고개를 끄덕였다.

그리고 그녀가 인도하는 방향을 따라 발걸음의 소리를 죽이며 서서히 움직여가려는 순간이었다.

쐐액-

미세하게 스치는 파공성.

"악!"

동시에 다니엘이 팔뚝을 부여잡으며 주저앉았다.

어디선가 날아온 석궁의 볼트가 그의 팔뚝으로 깊숙이 박혀들어 있었기 때문이었다.

그리고… 공격은 그것으로 끝이 아니었다.

쐐액-

"꺄악!"

소리 없이 날아든 볼트가 메이의 머리를 아슬아슬하게 스치고 지나간다.

단 1센티만 옆으로 휘었어도 그녀의 눈동자를 꿰뚫고 박혀 들어갔을 섬뜩한 볼트의 경로에 메이는 비명과 함께 머리를 부여잡으며 주저앉았다.

"크악~ 제기랄!"

다니엘이 팔뚝의 고통을 참으며 욕설을 머금는 가운데 클라크가 주저앉아있던 메이를 끌어당기며 말했다.

"일단 모두 이리로!"

클라크가 가리킨 방향은 부서진 문이 덜렁거리는 어느 건물의 입구였다.

그의 지시에 일행들은 모두 이를 악물며 부서진 문을 향해 뛰어가기 시작했다.

"크아악!"

뛰어가던 샐러리맨 복장의 백인 남자 데이비드가 종아리

로 박혀든 볼트에 비명을 지르며 넘어진다. 그런 그를 엠마가 재빨리 부축하며 일으키며 부서진 문을 향해 끌고 간다.

"빌어먹을… 총만 있었어도!"

전직 경찰 출신인 맥스는 분노에 찬 눈으로 볼트가 날아든 방향으로 추정되는 곳을 노려보다가 데이비드를 함께 부축하며 건물 안으로 달아났다.

그렇게 들어선 건물의 내부.

1층과 2층은 시체들과 부서진 건물의 잔해들로 인해 차마 있을 수 없었던 일행은 3층까지 가서야 숨을 돌릴 수 있었다.

예상대로 건물 안으로 들어서자 석궁 공격은 깔끔하게 멈추어진 상태.

하지만 누구도 이것으로 끝이 난 것은 아님을 알고 있었다.

저밖에는 여전히 그들을 노리는 존재가 악의를 머금은 채 이쪽을 주시하고 있을 것이기 때문이다.

이도 저도 못하는 상황에 모두는 패닉에 빠져 짜증을 내거나 공포에 물들었다.

클라크가 의사였던 탓에 어설프게나마 다니엘과 데이비드의 팔뚝과 종아리로 박혀든 볼트를 제거하고 지혈까지 할 수 있었지만 어디까지나 응급처치일 뿐.

눈앞에 보이는 상처와 피의 흔적들이 모두의 폭력성을 자극한 탓일까?

일행은 어떠한 방법도 찾지 못한 채 그저 짜증만을 내다가 서로에게로 악담을 퍼부으며 갈등만을 심화시켰다.

방안을 가득 채우는 부정적인 공기를 버티지 못한 메이가 옆방으로 달아나 문을 잠그고 틀어박혔지만 그 누구도 그녀에게 신경을 쓰지 않았다.

그러기에는 모두들 제정신이 아니었기 때문이었다.

그렇게… 약 1시간여가 지났을 때였다.

“흐아압!”

바깥에서 이는 소란에 창밖을 내다보던 엠마는 눈을 크게 치켜뜨고 말았다.

죽은 줄만 알았던 카인이 손에 쇠파이프를 든 채 피투성이가 되어서는 좀비들을 후려치며 이쪽으로 다가오고 있었던 것이다.

순간적으로 바깥의 적에 대해서 잊어버린 일행은 2층에 늘어져 있던 나무판과 나무막대 같은 것을 집어 들고 밖으로 나가 카인과 함께 좀비들을 쓰러뜨렸다.

그리고 그들은 한 덩이가 된 채로 숨어있던 장소로 달아날 수 있었다.

뒤늦게 좀비들이 비척대며 모습을 드러내긴 했지만 이미 일행은 무사히 건물 안으로 달아난 상태.

일행은 3층까지 달아나 의자나 책상 등을 옮겨 아래층을 막는 바리케이트까지 세웠다.

그리고 마침내 살아남은 카인을 온전히 맞아주며 기쁨의

말을 나누는 순간이었다.

"메이?"

"왜 그래요?"

"메이가 없어요! 분명 저 방안에 혼자 있었는데……."

엠마의 말에 일행의 사이로 다시금 긴장감이 차올랐다.

"설마… 혼자 달아난 건가?"

"그럴 리가요. 그 애가 혼자서 달아날 수 있을 리 없잖아요."

소심한데다가 겁까지 많은 메이를 아는 모두가 동조의 의미로 고개를 끄덕였다.

바로 그때였다.

"꺄아아아악!"

창밖에서 들려오는 커다란 비명소리.

일행의 시선이 일제히 창밖으로 향했다.

그와 동시에,

쐐액-

쨍그랑-

마치 노리고 있었던 것처럼 정확한 타이밍에 날아들어 날카로운 촉을 지닌 볼트가 창문을 깨뜨리며 안으로 박혀든다.

"이런 씨발!"

재빨리 피하지 않았다면 볼트에 맞을 뻔 했던 맥스가 욕설을 내뱉으며 깨어진 유리조각들이 흩어지고 있는 창문으로 달려가 볼트가 날아든 방향을 응시했다.

그리고….

그는 당혹감에 표정을 왈칵 일그러뜨리고 말았다.

"……!"

그들이 있는 건물의 맞은편 건물의 옥상 위로 누군가가 메이를 구속한 채로 이쪽을 내려다보고 있었기 때문이었다.

❖

'후우, 여기서부터인가.'

드디어 첫 등장을 하게 된 강혁은 전에 오디션장에서 봤던 히스패닉계 남자가 하고 있던 것과 같은 몰골로 완전한 분장을 한 채로 심호흡을 했다.

이제부터 이어지는 장면은 살인마가 반대편 4층 건물의 옥상에서 일행들을 내려다보며 메이를 고문하다가 살해하는 장면이다.

총 등장시간은 5분 정도에 불과하지만 그러니만큼 오히려 더 중요한 장면이었다.

'짧은 시간동안 최대한의 임팩트를 남겨야만 할 테니까.'

이것은 비단 그의 힘만으로 되는 것이 아니라 그 상황에 몰입되는 배역들 모두의 도움이 필요한 씬인 것이다.

"저기… 아깐 인사 못 드려서 죄송해요. 전 루시 웡이에요. 잘 부탁해요."

다른 배역들 없이 둘만이 있게 되자 메이역의 배우 루시가 인사를 걸어왔다.

그에 적당히 맞장구를 쳐주며 가볍게 친분을 다진 강혁은 이내 마인드 컨트롤을 하며 킬러였을 때의 기억들을 떠올려보기 시작했다.

'세상에는 별에 별 놈들이 다 있었지.'

20년이라는 세월동안 죽여 온 1천명에 달하는 희생자들.

그 희생자들 중에는 미해결 사건과 연관이 있는 미치광이 연쇄 살인마들도 상당수 속해있었다.

'그러니까… 여기 있는 누구보다도 살인마에 대해서는 잘 알고 있다는 말씀.'

기억 속에 있던 싸이코패스 살인마들 중 한 명의 이미지를 머릿속에 그린 강혁은 단지 상상하여 흉내 내는 것만으로는 알 수 없는 세세한 디테일들을 연기에 더하며 몰입되어가기 시작했다.

그리고… 밧줄에 구속된 모습의 메이를 뒤에서 끌어안은 채 옥상의 난간 앞으로 다가가서 선 순간!

"레디- 액션!"

감독의 호쾌한 외침과 함께 슬레이트가 떨어지고, 강혁은 완벽한 살인마의 모습으로 화했다.

카메라가 돌아가고, 일그러진 맥스의 표정을 비추던 화면이 자연스럽게 강혁과 메이가 있는 방향을 비춘다.

"으흐흐흑…!"

일행들의 시선이 차례로 자신을 향하자 눈물로 범벅이 된 얼굴로 고통 섞인 신음과 함께 연신 흐느끼는 메이.

일행의 시선을 끌기 위해 메이의 팔뚝을 나이프로 그어내 생채기를 남겼던 강혁은 모두의 시선이 이쪽으로 향하자 희미한 미소를 머금은 얼굴로 아래를 내려다보았다.

두려움, 놀람, 당혹감, 분노 등의 시선으로 올려다보는 일행의 모습들.

'나쁘지 않네.'

다들 상황에 제대로 몰입해있는 모습이었다.

하긴, 지금의 장면까지 오기 전에 구경해왔던 촬영 분들만 봐도 이곳에 한국에서나 볼 수 있을 법한 발 연기 같은 것을 해대는 존재는 찾을 수가 없었다.

사실상 이번 촬영 분을 끝으로 그와 함께 배역이 끝나게 되는 루시마저도 제법 뛰어난 연기력을 지니고 있었던 것이다.

'이 정도라면… 적당히 공기만 바꾸어줘도 깊게 몰입시킬 수 있겠어.'

속으로 흡족한 미소를 삼킨 강혁은 모두를 한번 돌아본 뒤 장난이라도 치는 것처럼 가볍게 나이프를 놀려 메이의 팔뚝으로 또 하나의 생채기를 만들어냈다.

"아아악!"

무참히 살결을 가르는 칼날에 메이가 비명을 터뜨렸지만 강혁은 그녀의 비명 따위는 전혀 신경 쓰지 않는다는 듯 웃어 보이기만 했다.

"그만 둬!"

"그녀를 놓아주게나!"

엠마와 클라크가 차례로 나서며 외쳤지만 강혁은 듣지 못하는 것처럼 나이프를 놀려 메이의 팔뚝에 또 하나의 생채기를 새겨 넣는다.

"캬하아악!"

무참히 팔뚝을 베고 지나치는 섬뜩한 칼날의 감촉과 욱씬거리며 파고드는 고통에 입을 쩌억 벌리며 비명을 내지르는 메이.

"그만해! 그만하라고!"

"이런 빌어먹을!"

눈앞에서 벌어지는 실시간 고문의 현장에 모두는 눈이 벌개져서 외쳐댔지만 강혁은 이미 정해진 일을 해나간다는 듯이 메이의 팔뚝에 차례로 생채기를 새겨갈 뿐이었다.

그렇게… 하나둘 늘어가기 시작한 생채기들이 10단위로 들어서고 흘러내린 핏물로 인해 완전히 붉게 물들어버린 팔뚝에 메이의 눈동자로 절망이 스치고 지나갔을 때였다.

"이 미친 새끼야! 그만하라고! 당장 그만두지 않으면 내가 지금 네놈을 당장 죽여 버리겠어! 그러니까 그만하라고 이 싸이코패스 새끼야!"

참혹한 광경에 모두가 눈을 돌리기 시작한 가운데 카인이 맹수와도 같은 분노를 드러내며 외쳤다.

'호오~ 잘하는데?'

과연 어째서 손꼽히는 몸값을 받는 배우가 되었는지를 증명하듯 연기를 넘어서서 실제의 인물로 화해서 외치는 감정의 격류가 몰아쳐온다.

하지만 그런 감탄과는 달리 희미한 미소를 머금은 채로 행위에 집중하던 강혁은 카인의 분노에 응하듯 우뚝 하고 나이프를 움직여가던 손길을 멈추었다.

"!"

거기에서 뭔가 희망을 엿보기라도 한 걸까?

카인은 마른침을 삼키며 창문에 더 가깝게 달라붙었다.

그리고는 다시 입을 열어 무언가를 말하려 했지만 생각과는 달리 그의 입술은 열려질 수가 없었다.

여태까지 팔뚝만을 집요하게 그어대던 나이프의 칼날이 스르륵 움직여 메이의 목줄로 다가가 있었기 때문이었다.

"그만둬…."

카인은 차마 소리를 지르지 못하고 낮은 목소리로 말했다.

결코 멀리 새어나가지 못할 자신만이 들리는 목소리.

하지만 강혁은 마치 그것을 들었다는 듯이 입 꼬리를 말아 올리며 더욱더 짙은 미소를 지어보였다.

천진하다고 해도 좋을 만큼 순수한 악의를 담고 있는 미소.

순간적으로 싸늘하게 식어가는 공기 속에서 나는 웃는 낯을 한 채로 천천히 입을 열었다.

그리고는 마치 친구에게 건네는 것 마냥 가벼운 어조로 말하는 것이다.

"후후, 미친놈이란 말이지. 근데 말이야."

대본상으로는 순수하게 애드립에 가까운 대사.

은은한 광기를 머금은 목소리에 카인은 저도 모르게 어깨를 파르르 떨었다.

'여기서 부터가 중요한데… 분위기는 충분한 것 같고… 조금 심심한 것 같으니 가볍게 조미료나 뿌려볼까?'

집중되어지는 시선들로부터 느껴지는 몰입도를 확인한 강혁은 의도적으로 뜸을 들이며 몰입을 극한까지 끌어올렸다.

그리고… 이어지는 침묵을 참지 못한 모두의 입술이 벌어지며 답답한 숨이 새어져 나오는 순간!

화아아악-

"!"

강혁은 희미하게 살기를 뿌리며 나지막한 목소리로 말했다.

속삭이는 듯 하면서도 모두의 귓가로 선명하게 들리는 목소리.

"미친 세상에서는… 나 같은 놈이 오히려 더 정상인 게 아닐까?"

늪이라도 생긴 것처럼 발아래로 끈적하게 들러붙어오는 미세한 살기에 모두는 어떠한 반응도 하지 못한 채 그저 답답한 숨을 토할 뿐이었다.

강혁은 그런 모두를 돌아보며 나이프를 쥔 손에 힘을 더했다.

그리고….

"…안 그래?"

반문하는 말과 함께 강혁은 아무렇지 않게 메이의 목줄로 가져다 대었던 나이프를 무참히 그었다.

촤아악-

"안 돼엣!"

카인이 손을 뻗으며 소리를 내질렀지만 이미 칼날은 메이의 목줄을 깊숙이 베고 지나친 뒤였다.

예리하게 갈라진 상처를 따라 메이의 목이 쩍 하고 갈라지며 뒤로 허물어지고 지나쳐간 나이프의 경로를 따라 솟구친 핏물이 흩뿌려진다.

그 비현실적인 광경에 일행들은 잠시 굳어버린 채로 핏물이 흩뿌려지는 것을 쳐다보고만 있을 뿐이었다.

하지만,

다음 순간 모두는 다시 현실로 돌아올 수밖에 없었다.

"컷! 모두 잘했어!"

한계까지 잡아당겨진 긴장의 끈을 가르며 감독의 호쾌한 외침이 울렸기 때문이었다.

"허억… 후우… 정말로 죽는 줄 알았어……."

컷이 떨어지자 루시가 불안정한 숨을 몰아쉬며 주눅 든 목소리로 웅얼거린다.

피식 웃으며 그녀를 놓아준 강혁은 건너편에서 조금은 충격 받은 얼굴로 이쪽을 쳐다보는 잭 스미스를 바라보다가 이내 물러서며 루시를 대신하여 뛰어내릴 스턴트맨 여성을 향해 시선을 옮겼다.

'다음 씬은 살인마가 죽어버린 메이의 시체를 밖으로 밀어버리는 장면. 그런 다음에 살인마는 분노한 일행들을 비웃듯 일소하며 사라진다.'

이젠 정말로 몇 컷 남지 않은 스스로의 역할을 되새기며 강혁은 기껏 몸에 새겨 넣은 싸이코패스 살인마로써의 감각이 사라지지 않도록 눈을 감은 채 의식을 집중했다.

그리고 잠시 후.

"바로 이어서 간다! 준비해!"

잔뜩 고양된 목소리로 외치는 감독의 재촉에 강혁은 얼른 제자리로 다가가 자연스럽게 자세를 취했다.

❖

"후우, 나쁘지 않았지?"

무사히 촬영을 끝내고 밤이 다되어서야 집으로 돌아온 강혁은 저녁조차 거른 채 침대에 누워 스스로의 하루를 되새겨보았다.

비록 단역이었지만 연기를 하는 것에 집중하며 그것에 잔뜩 몰두했던 하루.

"확실히… 나쁘진 않아."

오랜만에 느껴지는 순수하게 고양되어지는 기분에 강혁은 저도 모르게 입가로 미소를 베어 물었다.

그리고는 이내,

스르륵 눈을 감으며 결심하듯 말하는 것이다.

"헐리우드 스타. 까짓 것 한 번 되어보지 뭐."

도무지 닿을 수 없을 것만 같던 꿈을 다시금 응시하게 된 탓일까?

강혁은 그날 새벽이 될 때까지 좀처럼 잠을 이루지 못했다.

다시 한 주가 지났다.

그 동안 들어온 오디션 건수는 고작 두 건.

그나마 포르노배우 건 이라던가 아예 사기에 가까운 건을 제외하고 남은 것을 추리니 겨우 저 두 건 밖에는 남지 않았던 것이다.

하나는 도둑질을 하고 도망가는 흑인을 쏴 죽이는 중국인 슈퍼마켓 주인 역이었으며, 하나는 하이틴 드라마에서 늘상 괴롭힘을 당하는 왕따 학생 역이었다.

강혁은 두 건 모두 다 이미지가 맞지 않다는 이유로 연기를 펼쳐보기도 전에 퇴짜를 맞아야만 했다.

"뭐, 그래도 어쨌든 퀘스트는 완료했으니까."

지난번 데드문 살인마 역을 포함하여 강혁은 퀘스트 완료 조건인 오디션 3회 보기를 완료할 수 있었다.

〈팬의 숫자〉: 현재 17명

〈인지도〉: 입소문을 타도 무명은 무명인 상태

이게 바로 그 결과.

단 한 명뿐이던 팬의 숫자는 17명으로 늘어났으며, 인지도 역시도 지인조차 없던 처참한 광경보다는 나아졌다.

'여전히 갈 길이 멀지만…….'

일단 조금이라도 성장을 했다는 게 중요한 것 아니겠는가.

게다가 이번의 퀘스트는 추가 보상까지도 받은 상태였다.

'포인트란 말이지.'

추가 보상으로 주어진 것은 다름 아닌 포인트였다.

[매니저 포인트: 1000P]

톱스타 매니저에서 사용할 수 있는 포인트가 주어진 것이다. 그와 동시에 강혁은 톱스타 매니저창의 새로운 권한을 얻을 수 있었다.

《아이템 상점 개방》

《능력치 상점 개방》

바로 상점을 열 수 있는 권한이었다.

그로인해 아이템을 구입하거나 능력치를 상승시킬 수 있게 됐지만 안타깝게도 고작 1000P만으로 살 수 있는 것은 없었다.

'뭐, 포인트야 금세 얻을 수 있을 것 같으니까.'

나름대로 준수하게 퀘스트를 달성했기 때문인지 강혁은 곧바로 다음번의 퀘스트를 받을 수 있었다.

[퀘스트: 무명의 도전(D등급)]

-유명세를 얻기 위해서는 우선 노출도를 높일 필요가 있다. 더 많은 오디션을 도전하자.

-완료 조건: 2주일에 7회 이상의 오디션에 참석하기.

-완료 보상: 500달러, 매니저 포인트1500P, 인지도 소폭 상승

※오디션에서 3건 이상 배역을 따낼 시 추가 보상이 주어집니다.

[퀘스트(업적): 다작의 길(B등급)]

-배역에 크고 작음은 없다. 우선은 눈에 띄는 것이 더 중요하니 가능하면 많은 배역을 따내는 것이 중요하다.

-완료 조건: 2달 안에 5건 이상의 배역을 따내기

-완료 보상: 3000달러, 매니저 포인트5000P, 인지도 상승

※1달 안에 퀘스트 완료시 추가 보상과 함께 '폭풍의 신인' 호칭이 주어집니다.

지난번의 건수를 완료하는 것과 동시에 새롭게 떠오른 퀘스트들. 추가 보상까지 고려하면 시간이 조금 빠듯할 것 같긴 해도 결코 어렵게 느껴지는 수준의 퀘스트는 아니었다.

오디션 건수라면 지금 이 순간에도 이종욱이 발에 땀이 나도록 돌아다니며 찾아다니고 있으니 강혁은 그저 잘할 수 있도록 준비만 해두면 되리라.

"난 우선 퀄리티를 더 올리는 편이 좋겠지."

사실 지난주부터 강혁은 체력 단련을 시작했다.

한가해서 할 일이 없다보니 무심코 운동을 했는데 킬러였을 때와 비교하면 그야말로 한심할 정도로 체력의 감퇴를 느껴야만 했던 것이다.

그렇게 2주 째.

원래부터 외견만큼은 썩 나쁘지 않았던 만큼 크게 눈에 띄는 변화가 있었다고 할 수 없었지만, 강혁은 꽤나 많은 성장을 이룰 수 있었다.

몸무게가 3Kg정도 감소하며 근육의 밀도가 조금 더 높아졌으며, 반사 신경 역시도 그럭저럭 쓸 만한 수준까지는 회복시켰다.

그리고….

강혁은 또 하나의 사실을 깨달을 수 있었다.

〈스테이터스〉

근력: 11

체력: 9

순발력: 10

정신력: 10

카리스마: 13

현실에서의 노력이 그대로 스텟에 반영이 되고 있었던 것이다.

근력과 체력, 순발력 스텟들이 각기 2씩 상승했으며, 정신력 역시도 1만큼 상승했다.

사실 운동을 할 때에 가장 힘든 점이 자신이 잘하고 있는 건지 정말로 변화가 있기는 한 건지 잘 알 수 없다는 부분 아니던가.

그런 면에서 스스로의 성장이 스테이터스라는 형태로 직접 반영이 되어 볼 수 있다는 점은 무척이나 큰 이점이라고도 할 수 있었다.

"은근히 몰두하게 된다니까."

물구나무서기를 한 자세로 푸시 업을 하며 강혁은 근육의 떨림을 만끽했다.

한편 같은 시각.

헐리우드 촬영장의 한 트레일러 둥그런 테이블을 앞에 둔 채로 네 사람의 남녀가 모여 있었다.

20대에서부터 70대에 이르기까지 다양한 나이대의 사람들.

은연 중 가장 중심에 위치해있던 노인이 먼저 입을 열었다.

"이제 어떻게 할 참인가?"

"글쎄…."

노인의 질문을 받은 중년인은 선불리 답을 하지 못했다.

복잡한 심경이 그의 얼굴이 고스라이 드러나 있었다.

"어쩌긴 어째? 저지르는 수밖에!"

또 다른 중년인이 체념하듯 말했다.

"하지만… 그렇게 했다가는 후의 스토리를 모조리 뜯어고쳐야해. 그런 건 원작의 팬들에게는 문젯거리가 되기도 한다고!"

"그럼 어쩔 건데? 지금 넷상에 반응 뜬 거 못 봤어?"

"그건…."

재차 몰아붙이는 말에 중년인은 더 이상 말을 이을 수가 없었다. 그의 말이 사실이었기 때문이었다.

"으… 죄송해요."

침묵이 내려앉은 트레일러의 안에서 울상을 지은 채 연신 고개를 숙여 보이는 여인.

그녀는 바로 이번 일이 벌어지게 된 원흉이라고도 할 수 있는 인물이었다.

"끄응…."

"별 수 있나…."

조금이라도 심하게 말하면 금방이라도 울음을 터뜨릴 것 같은 여인의 모습에 노인과 중년인들은 그저 한숨만을 내쉬었다.

"미안하네. 내 손녀가…."

"흐윽… 죄송해요. 죄송해요. 저는 그냥 친구들한테 자랑만 하려고 했는데… 흐흐흑!"

침중한 표정으로 사과를 하는 백발의 노신사.

여인은 아예 흐느끼기 시작하며 연신 고개를 숙였다.

"허… 참!"

두 중년인은 아무런 말도 할 수가 없었다.

왜냐하면 이번 일의 원흉이라고도 할 수 있는 대상이 감독의 하나 뿐인 귀염둥이 손녀였기 때문이었다.

더군다나 그녀는 두 사람과도 꽤나 친분이 깊은 사이.

'일이 더럽게 됐어!'

꼬장꼬장한 인상의 중년, 시나리오 작가 캘러거는 입술을 삐죽이며 불과 이틀 전에 벌어진 일을 떠올렸다.

이틀 전.

마침내 4화분까지의 촬영을 마친 데드문 팀은 티저 영상을 제작했다.

사실 촬영이 시작 된지 이제 겨우 2주일 남짓이 되었으니만큼 벌써부터 티저를 송출하는 것은 좋지 않았지만 투자자들의 재촉으로 선택의 여지가 없었다.

문제는 촬영 분을 이용하여 만든 티저 영상의 편집본이 완성되고 나서였다.

편집본은 좀비보다 더 무서운 사람에 대한 이미지를 부각시키도록 완성되어 있었다.

원작의 흐름에도 어긋나지 않고 이야기의 궁극적인 본질에도 가장 근접한 이야기.

하지만… 상당히 완성도가 높게 제작되었다고 할 수 있는 티저 영상은 보류 판정을 받게 된다.

–미친 세상에서는… 나 같은 놈이 오히려 더 정상인 게 아닐까? …안 그래?

티저 영상의 마지막 장면.

일행에서 첫 번째의 피해자가 나오는 바로 그 장면이 문제였다.

누가 봐도 절로 흥미가 돋을 만큼 임팩트가 넘치는 장면이었지만…….

문제는 그것이 너무나도 강렬하다는 점이었다.

2분 30초의 티저 영상 중에서 불과 3초 정도에 불과한 그 장면만으로도 소름이 끼칠 만큼 강렬한 임팩트를 발산했던 것이다.

그대로 영상을 냈다가는 일행의 사투가 오히려 살인마의 카리스마에 묻히게 될지도 모르는 상황.

고심 끝에 총 감독은 티저 영상을 파기하기로 결정했다.

단 하나의 장면 때문에 앞으로의 모든 촬영 일정들이 흔들리게 되는 것은 원치 않았기 때문이다.

회의 결과 데드문 팀은 촬영본에서 살인마 씬을 완전히 삭제하고 아예 새로운 배우를 불러서 재촬영을 할 예정이었다.

불과 어제까지는 말이다.

하지만 영상이 파기되기 전에 총 감독의 손녀인 루시아가 노트북을 뒤져서 티저 영상을 빼갔고 그것을 친구들에게 자랑하는 와중에 유출이 되고 말았다.

꽤나 큰 커뮤니티 사이트로 흘러 들어간 데드문의 티저 영상은 빠른 속도로 번져 나갔다.

불과 하루아침에 미국 전역이 들끓기 시작한 것이다.

그리고… 예의 그 문제가 불거지고 말았다.

[네발가락]: 저 동양인은 도대체 누구지? 처음 보는 것 같은데 완전 개 소름 돋음!

[좀비매니아]: 동감! 나는 지려서 팬티까지 갈아입었음.

[자살닭이]: 동양인이라서 더 그런 것 같지 않냐? 걔네들은 뭔가 정말로 비밀이 있는 것 같아.

[푸우는반라]: 살인마가 주인공인 듯 ㅋㅋ

[색끈한미녀]: 동양인 살인마라니… 뭔가 섹시하지 않아? 하아… 저 사람한테 목 졸려보고 싶다.

ㄴ[훌륭한몽둥이]: 넌 좀 닥쳐! 이 싸이코 변태 년아!

온라인상에서는 온통 데드문에 관련된 이야기뿐이었다.

특히나 티저 영상의 마지막 장면에 나왔던 살인마에 관련된 이야기들에 대해서 말이다.

예상했던 것보다 훨씬 더 폭발적인 반응에 데드문 팀은 진행하려던 모든 것을 멈추고 다시 회의에 들어갈 수밖에 없었다.

"어쩔 건가?"

한숨과 함께 물어오는 총 감독의 말에 캘러거는 이마를 짚으며 답했다.

"말했잖아. 지르는 수밖에 없다고. 댁도 촉이 있으면 알 거 아냐. 이걸 묻었다가는……."

"작품 자체가 망할 수도 있겠지."

"제길."

동조하는 총 감독의 말에 캘러거는 나지막이 욕설을 머금었다.

이야기를 뜯어고치기 시작하면 가장 귀찮아지게 되는 것은 다름 아닌 그 자신이었기 때문이다.

"원작 작가 쪽은 괜찮겠어?"

"그 원작 작가 쪽에서 살인마 배우 바꾸지 말아달라고 메일이 왔더라."

또 다른 친우의 질문에 캘러거가 혀를 차며 답했다.

"…그럼 끝났군."

"끝났지."

그 순간 모두는 동조했다.

방책이 결정되었음을.

"그럼 그렇게 알고 진행하겠네. 자네는 빨리 5화분부터 새롭게 시나리오를 편성해주게나."

"서둘러야겠군."

"나도 돕겠네."

결정이 되자마자 두 중년인은 바쁘게 트레일러의 밖으로 빠져나갔다.

"허허… 나도 당분간은 꽤나 바빠지겠어."

총 감독은 허옇게 바랜 머리색만큼이나 자조적인 미소를 머금으며 다 식어버린 커피를 들이켰다.

"흐음… 괜찮은 거예요?"

"걱정하지 마렴. 어쩌면 이게 전화위복이 될지도 모르니까."

아직 상황의 변화에 따라가지 못한 채 벙 쪄 있는 손녀를 다독이며 총 감독 에릭 휘태커는 이내 짓궂은 미소를 지어 보였다.

'허허, 이런 기분이 드는 건 꽤나 오랜만이군 그래.'

아직 유명세를 얻지 못한 신인 감독이었을 시절.

뜨거운 열정으로 가득하던, 그때의 타오르던 심장이 그대로 맥동하며 그의 가슴을 자극하고 있었다.

이틀 뒤.

CDN방송국의 공용 채널을 통해 미국 전역으로 드라마 '데드문' 의 정식 티저가 방송되었다.

이미 한 차례 인터넷에 뿌려진 적이 있는 바로 그 티저 영상이었다.

❖

하루아침에 스타가 된다는 게 이런 기분일까?

데드문의 정식 티저 영상이 송출된 이후 강혁에 대한 사람들의 관심은 그야말로 폭발적으로 불어났다.

CDN방송사 측에서 강혁에 대한 정보들을 공개했기 때문이었다.

티저 영상이 정식으로 송출되기 하루 전, 이종욱은 데드 문 팀의 연락을 받았고 그날로 곧장 정식 계약서를 썼다.

이름조차 남겨지지 않는 단역 배우가 아니라 제대로 된 배역을 지닌 정식 배우가 된 것이다.

출연료는 회당 1만 2천달러.

다른 배우들에 비하면 그리 대단치 않은 액수였지만 신인임을 가정하면 그야말로 특별한 대우였다.

일반적으로 신인 배우인 경우 적어도 주연급은 되어야 회당 5000달러~7000달러 선을 받게 되는 것이 보통이니까 말이다.

그게 전부다 요 며칠 사이에 벌어진 이슈 덕분이었다.

요즘 같은 세상에는 특히나 더 온라인상의 반응을 무시할 수가 없기 때문이다.

강혁은 이제 드라마 데드문의 정식 인물로써 최소 2시즌까지는 활약하게 될 예정이었다.

아직 정식 대본을 받지는 못 했지만 들은 바에 따르면 어떠한 계기로 인해 주인공들의 일행에 합류하게 된다는 모양.

어설픈 조연 롤도 아니고 주인공의 일행에 합류하게 되는 스토리라면 거의 매회마다 출연하게 되니만큼 강혁은 이미 억대 연봉자가 된 것이나 마찬가지였다.

데드문은 시즌당 16화로 예정되어 있었으며, 강혁은 회당 거의 1400만원에 달하는 돈을 받게 되니까 말이다.

16화 중 10회분 정도만 출연해도 이미 억대 연봉은 달성이 되고도 남았다.

'당연히… 데드문만 하고 있을 생각도 아니고.'

퀘스트 때문에라도 강혁은 다작을 맡아야만 할 필요가 있었다.

그게 아니더라도 강혁은 어떻게든 더 많은 작품과 배역을 찾아볼 예정이었다.

이번 일을 계기로 '팬' 과 '인지도' 가 갖는 상관관계.

그리고 그것이 가지는 이점에 대해서 확실하게 알 수 있었기 때문이었다.

[몸값 상승의 아우라(패시브)]

–뭔가 있어보이는 분위기를 풍겨 인지도에 비해 더 많은 출연료를 받을 수 있게 된다.

–몸값 상승폭(평균의 10~50%중 랜덤하게 발생)

티저 영상의 송출과 함께 강혁의 정보가 공개되고 난 뒤 팬의 숫자가 급격히 불어나 1000명을 넘기면서 새롭게 생긴 스킬이었다.

계약서를 쓴 것은 스킬이 생기기 전이었으니 효과를 보지 못했지만 당장 다음 시즌이 방영되게 될 내년만 해도 훨씬 높은 폭의 출연료를 받을 수 있게 되리라.

'당장에 이 건만 해도 그렇고.'

강혁은 지금 새롭게 들어온 배역의 오디션 때문에 HDO

방송국에 와있는 상태였다.

CDN과 더불어 미국 드라마 방영계의 투톱이라고도 할 수 있는 방송국에 온 것이다.

아직 계약한 작품이 방영되기도 전에 경쟁사라고도 할 수 있는 방송국에 찾아오게 된 셈이니 어찌 보면 상도의에 맞지 않는 일이라고 할 수도 있었지만 걱정은 없었다.

어차피 미국에서의 배우란 소속 따위에 얽매이지 않는 프리랜서이자 개인사업자에 가까운 존재였기 때문이다.

게다가 이번 건은 다름 아닌 데드문 팀의 총감독이 연결해준 자리였다.

그의 친우가 데드문의 티저 영상을 보고서 강혁에게 오디션의 자리를 한번 제공해보고 싶다며 먼저 연락이 왔던 것이다.

총감독의 친우인 마이클 샤밀란 감독은 '크리미널 브레인' 이라는 제목의 드라마를 맡고 있었는데 무려 13시즌이나 이어지고 있는 대 인기 드라마였다.

FBI에 소속된 프로파일러(범죄 심리 분석관)들이 미치광이 범죄자들의 심리를 읽어내서 사건을 해결한다는 내용의 수사물.

강혁이 오디션을 보게 될 배역은 크리미널 브레인의 13번째 시즌의 에피소드 9화에 들어가게 될 연쇄 살인마의 역할이었다.

아직 데드문은 정식으로 방영되지도 않았는데 또 살인마

역할이라니… 이러다가 살인마 전문 배우가 되는 건 아닌가 하는 생각도 들었지만 그렇다고 해서 나쁠 것은 없었다.

아직까지 무명 배우의 타이틀을 벗지 못한 강혁으로서는 노출도가 높아진다는 그 자체만으로도 충분히 이득이 되기 때문이다.

'그러니까… 이번 오디션은 반드시 통과해야겠지.'

공식적으로 열렸던 지난 데드문 때의 오디션과는 달리 이번의 경우는 강혁 혼자만이 보게 되는 일종의 테스트에 가까운 자리였다.

그러니만큼 더욱더 엄격한 기준을 두고서 심사 받게 되는 자리.

하지만 강혁은 자신이 있었다.

'이번 일로 얻게 된 게 스킬만은 아니니까.'

팬의 증가로 인해 인지도가 한 단계 상승하며 강혁은 새로운 스킬의 생성과 더불어 카리스마 스텟이 2만큼 상승했다.

그로인해 카리스마 수치가 15를 달성.

강혁은 '특수 스텟 점수 달성' 이라는 생각지도 못한 업적의 보상으로 무려 5000이나 되는 매니저 포인트를 받을 수 있었다.

지난번의 건까지 포함해서 6000P의 매니저 포인트를 갖게 된 것이다.

강혁은 이 포인트들을 사용해서 재능 스텟을 2개 올렸다.

톱스타 매니저에 나와 있는 4개의 스텟들 중 가장 낮기 때문이기도 했지만 가지고 있는 포인트만으로 구매할 수 있는 것은 재능 스텟 밖에 없기 때문이었다.

46으로 그 다음 낮은 스텟인 감각의 경우는 스텟 하나를 올리는데 7000포인트가 필요했다.

아직 자세히 알 수는 없었지만 아마도 10단위를 넘어갈 때마다 요구되는 매니저 포인트의 수치가 높아지는 모양이었다.

아무튼, 고작 2의 성장이라고는 해도 성장은 성장이었다.

'확실히 어느 정도의 체감은 느껴지니까.'

미약해서 티가 난다고까지는 할 수 없었지만 확실히 그 전에 비하면 연기를 하는 것이 좀 더 편해진 것 같은 느낌이었다.

〈2권에 계속〉